岡山女
新装版

岩井志麻子

角川ホラー文庫
23232

目次

岡山バチルス

見えない訳ではないのだ。障子に射す曙光《しょこう》は誰よりも早く明るく感じるし、暗い湯屋でも隅々まで体は洗える。紅をさすのも不自由はしない。視界は狭まったが、世界まで縮まった訳ではない。

ただ、左側に立たれるとその者がすべて宮一《みやいち》に思えて身が竦《すく》む。タミエは小さな死を迎えた左目を覆い、確かに眩《まぶ》しい六月の陽射しに背を向けた。

宮一の菓子製造の商売がうまくいかなくなったのは、タミエのせいではない。タミエは近くの二階家に囲われているだけの妾《めかけ》だった。本妻に取って代わりたいなどと、夢にも思ったことはない。宮一とて、タミエをその二階から降ろすつもりは毛頭なかったのだ。

高利貸しに借りてまで新式の機械を入れ、それで利益が減って利息ばかりが膨らんだなど、その本妻に向かって嘆けばよかったことではないか。その妻が度重なる亭主の乱暴と女関係の激しさに愛想を尽かし子供を連れて赤穂《あこう》の実家に帰ったのなら、いくら遠方でも追いかけていってよりを戻すよう尽くせばよかったのではないか。

それがある秋雨の宵、泥酔した宮一は日本刀を振りかざしてタミエの寝ている部屋の襖《ふすま》を蹴破《けやぶ》った。階下に寝ていたタミエの両親が駆け上がってきた時にはもう、タミエは顔面を切り付けられて失神していたのだ。

血をたっぷりと吸った布団《ふとん》に横倒しになり、父親が呼んできた巡査達が到着した時、すでに宮一は刃先を喉《のど》に突き立てていた。その血糊《ちのり》は畳がふやけるほどだったという。タミエの顔の左側から流れる血は固まり、破裂した眼球を布団に貼りつけていた。

永い痛みは、生きている証《あかし》でもあった。宮一は即死に近かったが、タミエは命は取り留めたのだ。ただ、左目の視力は失われた。たとえ見えなくてもいい、形だけでも目玉は残してくれと医者に向かって懇願する父と母の背中は、タミエの失われた左目の最後の残像となって焼き付いている。

父と母にとって、失ったものは娘の左目だけではなかった。元々、商売に失敗して姫路《ひめじ》から岡山に夜逃げ同然で出てきたタミエ親子だ。父が細々と古着商いをし、母が近くの罐詰工場へ下働きに出ていたが、到底それでは暮らしていけずにタミエの旦那《だんな》取り、つまりは妾商売を生活の柱としていたのだ。

大層な美人ではないが、十三、四の頃より妙にませて色っぽいと評判だったタミエの前には、常に世話をしたいという小金持ちが現れていた。親もそれがわかっていたから、あらゆるものを切り詰めてもタミエを装わせることには金を惜しまなかった。

岡山市では名の通った料理屋に仲居見習いとして住み込ませたのも、給金のためというよりは良い旦那を見つけるためだった。そうして首尾よく、菓子製造で一廉《ひとかど》の財を成した宮一という旦那を得たのだ。

旦那が父親と同じ歳だなど、気にするほどのことではない。気にするのは手当ての額だけだ。その頃商売が順調にいっていた宮一は、気前よく一軒家までタミエ親子に用意してくれた。タミエはただ美しく化粧を施し、三味線など弾いていればよかったのだ。

宮一は一見、その肥った体軀《たいく》に似合う磊落《らいらく》で大らかな男だったが、その中身は大層な小心者だった。成功している間は磊落を装えるが、ちょっと転んだだけで大仰に痛がる男だったのだ。だからタミエには永い痛みを与えた癖に、自分は喉笛を突いてあっさりと死んでしまったのか。

父はタミエの命が助かったことを喜ぶよりも、片目を失ったことを悔いた。母はタミエの養生の仕方よりも、果たしてこの後も旦那がついてくれるかどうかに気を揉《も》んだ。今さら襤褸《ぼろ》の古着を軒先に並べたり、燐寸《マッチ》のラベル貼りの内職はできないと、親は傷の痛みに唸《うな》るタミエの枕元で嘆いた。

タミエの左瞼《ひだりまぶた》は大きく陥没し、引きつれが走っていたのだ。これはどんな化粧でも隠せまい。つまり容貌《ようぼう》で男を引き付けることは相当に困難となったのだ。

借家は追い出され、知人を頼ってどうにか川端の傾きかけた一軒家に入ることができたのだが、生活はたちまち困窮した。薬代や治療費にも事欠いたため、タミエの傷口は腐臭を放った。男どころか犬も避けて通る有様だ。

そんな苦痛の淵《ふち》で、様々な幻影に襲われた。極彩色もあれば無色もあった。奇妙なことに、しばらくの間は宮一だけは現れなかった。ひょっとしたらタミエは、左目だけで宮一を見ていたのかもしれない。左目と宮一を失ってから、幻どころか面影さえ描けなくなっているからだ。

惨劇が秋雨の宵だったためか、雨が降り始めると傷はさらに痛んだ。そうして雨は別の痛みも呼び覚ました。タミエはその様々な幻のうちに、明日起こる事柄やとうに死んだ者達の姿をも映し出せるようになっていたのだ。

初めは雨の日に幾つか偶然に見えるだけだったのが、そのうち晴れた日にも意識を集中すれば見えるようになった。

残った右目に映るのではない。失われた左目に映るのだ。西川の劇場が火事になることを予告し、隣の県議の家の三年前に死んだご隠居が、庭の松の木の下に隠し金の壺《つぼ》を埋めていることを言い当てた時、「岡山市内に霊感女性現る」とかなりの評判になった。地元の新聞にも取り上げられたほどだ。

思いがけない活路を見いだし、タミエの親は大いに張り切った。この商売も旦那取りと同じで、きっちりとした相場がない。後々のことを考えれば、あまりがめついことはしない方が得策だが、ふっかけようとすれば幾らでもふっかけられる。騙《だま》された か救われたかも、当人の心次第だ。

相場では失敗したが、小商いには本来長《た》けた父親だ。金を多く出せそうな客はいったん帰し、念入りに身辺を調査してから改めて呼び出し、予言だの占いだの口寄せだのをタミエにさせる。その際、調べておいた依頼客の身辺の事柄をさも「霊感」で知ったように告げれば、信頼は強まるのだ。

これ以外にはもう生きる術《すべ》のないタミエは、にわか霊媒師に甘んじた。引きつれのある左目は、紫の被布で隠した。奥の一室を見立て部屋とし、日がな一日そこに鎮座した。母親も虚仮威《こけおど》しの祭壇や燭台《しょくだい》、それらしい道具も揃えてくれた。

左目の闇に、宮一などという男はもう映らない。タミエは誉められた容姿のことなど、左目とともに捨てたことにした。嘆いて戻るなら幾らでも嘆く。小さい頃から体を張って生き、食うや食わずの流浪も経験してきたタミエは、少しばかり商売が失敗したくらいで自害する男よりよほど逞《たくま》しかった。

それに今までは、ひたすら男に媚《こ》びる日々だったのだが、この商売をやるとやたらに頭を下げられる。悪い気持ちではない。

雨が降ると傷が痛むか、嫌な客が来る。梅雨時に入って心身ともに重苦しいタミエは、うたた寝から目覚めた。お客様だよ、と母親に起こされたのだ。

すでに座布団に座っていたのは、小太りで丸顔の娘だった。垢抜《あかぬ》けない感じだが、貧窮した家の育ちではないようだ。膝《ひざ》の上の手も白く、荒れていない。趣味は悪いが、着物も帯もそれなりの値段がつくものだ。

「私しゃ、これえな怪しげな場所に来たんは初めてじゃけぇ……」

声もか細く、流行の廂髪《ひさしがみ》の髷《まげ》からは紫のリボンが揺れている。しかし自分より容貌はぐっと落ちる、と値踏みした途端に無くした左目が痛んだ。少なくともこの娘は両方の目を持ち、その上若いのだ。だが、もじもじと尻《しり》の下で足をずらしてばかりいる伏し目がちの娘は行儀がいいのか臆病《おくびょう》なのか、向かい合って座るタミエの目はおろか首より上には視線を上げられないでいる。

その癖、こんな怪しげな怪しげな、などと無遠慮な言葉を連発するのだ。要するに全体にぎこちない客は由子《よしこ》と名乗り、女学校を出たと自称した。本当に出ているかどうかはともかく、そこそこの家の娘なのはまるっきり嘘ではないようだ。仕事もせず嫁にも行かず家で裁縫や稽古事《けいこごと》をしているという言い方も、作った様子はなかった。

ふいに近頃流行の言葉が浮かんだ。バチルス。本来は細長い桿菌《かんきん》を意味するらしいが、「悪いバチルスに冒されて」などと、不良少年少女を語る際の枕詞とするのだ。

つい最近までは「悪い霊でも憑《つ》いとるか」と言われていたが、バチルスの方が遥《はる》かにハイカラな語感で、今では新聞にもこの「バチルス」が連日使われている。タミエも尋常小学校だけは出たから、平仮名と片仮名、ごく簡単な漢字ならば拾い読みできるのだ。

タミエにとっては、相談者に憑いているのは黴菌《ばいきん》などではなく悪い霊であってほしい。だがこの由子という娘は、まさに流行のバチルスに身辺を冒された不良娘の匂いがする。

この手の娘は、概してあまり強い怨霊《おんりょう》だの因縁だのは憑いていない。浮遊霊や動物霊につけ込まれやすくはあるが、長期に亘《わた》ることはない。そこまで恨みも恨まれもしないのだ。軽薄な放蕩《ほうとう》バチルス、怠惰バチルスに冒されているはずのどこか薄ぼんやりと霞《かすみ》のかかったその表情の裏は、霊能力などなくても見透かせる。

だがその弛《ゆる》んだ印象の唇が語り始めた話は、タミエの想像も霊感もすぐには追い付けない内容だった。何の前置きもなく、由子という娘は唐突に語り始めたのだ。久しぶりに、タミエは鳥肌を立てた。忍び寄る本物の恐ろしさがあった。

「私と利子《としこ》は双子みたいじゃて……いつも言われるんじゃわ」

目の前にいるのはタミエなのに、由子はタミエに向かって喋《しゃべ》ってはいない。

「身の丈も足袋の大きさも何もかも同じじゃった」

その利子という女が隣にいるような態度だ。時々誰もいない隣を向いて相槌《あいづち》を求めたりする。視界の狭まったタミエは、一々そちらを向いてしまう。無論、何者も見えてはこない。この娘に引き摺《ず》られてはならぬと、タミエは唇を嚙《か》んだ。

「学校行きょうた時分も、先生も友達もよう間違えよった。顔は……これは瓜《うり》二つとは言えんけど、あんまり似とらん姉妹ほどには似とる。私は細面で利子は丸顔じゃけど」

そこで少々引っ掛かったが、タミエは黙っていた。目の前の女は誰が見ても丸顔だ。そんなに太ってはいないのに、頰などパンパンに張っている。しかし自分はあの人気帝劇俳優に似ているとかの、似ても似つかない人の勘違いは多い。

「小学校へ上がった時から息が合《お》うて、手洗いと家に帰った後以外はいっつもくっついとる仲になった。いいや、家に居《お》っても一緒みたいなもんじゃ。約束しとらんのに往来でばったり会《お》うたりな。しゃあけどそんくらいなら、ただの偶然で済むじゃろ。もっと妙な一緒があってな、それがずうっと続いとる」

ようやく本題だ。母が運んできた、互いの前にある茶はすっかり冷めていた。由子はそれを一気に飲み干す。動悸《どうき》の高まりがタミエにも伝わった。鈍重にも見える肥った喉《のど》が、やけに白い。この娘は侮れぬと、タミエも茶碗に手を伸ばした。

「おんなじ夢を見るんじゃ。毎晩、繰り返し繰り返し」

急速な喉の乾きは、厄介な出来事の前触れだ。これは長引くかもしれないと、タミエは空になった茶碗を静かに置く。由子はぼんやりと、その茶碗に目を落とした。それなのにその目には茶碗が映っていない。その空虚な眼差しに、タミエは身を固くした。この娘はすでに、この世ならぬ何かを見ている。

確信したタミエは息を整えた。霊視の準備に入らねばならない。やや焦点をぼかしながら、由子の頭上に視線を移した。それが生業《なりわい》でありながら、タミエは密《ひそ》かに怯《おび》えていた。

「舞台になるんは亜米利加《アメリカ》か欧羅巴《ヨーロッパ》かまではわからんのじゃけど、とにかく西洋のどこかじゃ。いんや、一ぺんも行ったことはない」

映像としては何も浮かばない。ただ、淡い〝誰か〟の気配は受けた。あまり好意的な存在でないのだけは確かだ。由子の紫色のリボンが揺れる。揺らしたのは本人でも風でもない。由子は微動だにしない。肥った喉元に汗が溜《た》まっていた。

「そのお屋敷はいつも無人なんじゃけど、どうやら姉妹が居るらしい。寝台も洋服も靴も皆二人分あるんじゃ。合作の刺繍《ししゅう》や並んで描かれた赤子の頃の肖像画とかも……」

見たこともないのに、と由子は束《つか》の間《ま》夢見る目をした。

「見たこともないのに、可愛らしい姉妹が居るのは有り有りと描けるんよ」

タミエはどうしても可愛らしい姉妹など思い浮かべられないが、由子はそんなタミエにおかまいなく、自分の夢見る不吉な世界に浸っていた。タミエまでその甘い泥に沈む世界に足を取られそうになる。とにかく今は、この女に引き込まれないよう警戒するだけだ。居住まいを正し、意識を清明に保つよう努めた。とにかく、得体の知れない悪意に付け込まれてはならない。暗い室内で一点鮮やかなリボンの色を見つめた。

「そいで、お茶を飲んだ後の机とかそういうのはものすごう細かいとこまで覚えられるんじゃけどな。……肝心の姉妹が一度も出てこんのじゃ」

ふいに、首筋の産毛が起《た》った。見知らぬ誰かに冷えた唇から息を吹きかけられたようだった。喉を鳴らし膝を崩す由子に、タミエは現実の重要な疑問に気づかされたのだ。首を傾け、右目を由子の正面に向ける。夢の中の姉妹だけでなく、現実の利子なる友達も今どうしているのか、まだ全然触れられていないではないか。

「私と利子は、毎日その夢を報告し合うたわ。ところがその話をするうちに、少しずつ仲違いをするようになっていったんじゃ」

全然触れられていないにも拘《かか》わらず、由子は利子なる女を我が事のように語り続けている。タミエの飲み干した茶は、すぐにぬるい汗となって伝わった。すでに渇きを覚える喉から、ようやく質問を発した。

「その利子さんは今、どうしとられる？」

由子は大して動揺も見せなかった。ほんのわずかな躊躇《ちゅうちょ》の後、ため息混じりに呟《つぶや》いた。

「……そこそこええとこの娘のになぁ、悪い男につかまったんがいけんかった。酌婦いうことになっとるけど、女郎みてえなもんじゃ」

蔑《さげす》むとも哀れむとも嘲笑《ちょうしょう》するともつかない複雑な表情が一瞬過《よ》ぎったが、その時だけタミエの目を正面から見た。それは目の前にいる由子ではない、見知らぬ誰かの目だった。空虚な、それでいて黒々とした目の奥に、死霊より悪いものがいる。それに気づいたタミエの汗はたちまち冷えた。

手におえるだろうか。初めて覚えた、どうしようもない心許《こころもと》なさだ。

「……とにかくその夢の話をするようになってから、私らだんだん相手に嫌な感じを持つようになってなえらく後ろめたい秘密を知られたような気になって」

由子はちびた爪を噛む。童顔に似合わぬ尖《とが》った犬歯に寒気がする。おどおどしている癖になぜか嵩高《かさだか》い娘だ。さっきよりも体が大きくなっている感さえある。

「それでも私らは、その夢の話をやめれんかった。私らを繋《つな》ぎ止めとるんはその夢だけみたいになっていった」

「その夢の内容を、私に解いてほしいんかな」

タミエは声の掠《かす》れを抑え、できるだけ穏やかに問いかけた。

「ちょっと！　人の話は最後までちゃんと聞くもんじゃろっ！」

既のところで、タミエは仰け反るところだった。こめかみが痛むほど脈打った。由子の突然の激昂《げっこう》ぶりに、なんとか平静さを保つのが精一杯だった。まさに別人と入れ替わったようだ。さっきまでのもじもじした様子はどこにもない。短気で居丈高な、見知らぬ女が一瞬だけそこにいた。

「……えろう悪かった。つい興奮して」

すぐに由子は、元の由子に戻った。畳に手をつき、うなだれる。そんな様子にタミエはびっくりというより、ああやっぱりという納得の思いだ。

「私しゃ時々、利子が入る」

それは聞かなかったことにして、タミエは弱く微笑み返す。由子の口調も弱まった。

「……それが、ある日夢の中から一人分の持ち物が消えたんよ。帽子も鞄も一人分になったんじゃ」

その喪失感は現実の由子にも及んでいるらしい。空洞めいた目で虚空を探している。タミエにはすでにうっすらと何かが透けていた。碌《ろく》なものではない。

「その代わり、増えた物が一つあるんじゃ」

霊視しようとしなくても、閃光《せんこう》がタミエの眼窩《がんか》にそれを焼き付けた。嫌な陰鬱《いんうつ》な絵だ。飯の種にはしているが、霊能力などない方がよかったと嘆きたくもなる。

「地下室に棺《ひつぎ》があるんじゃ。西洋の化け物が入っとりそうな重い黒い棺」

由子が描写した物は、タミエが見た通りの物だった。ただしそれは透視能力ではない。由子の脳髄に映し出された映像に感応したに過ぎない。つまりそんな棺や屋敷が実在したか否かは、今のところタミエには断定できないのだ。

「それでその夢は終わって……私らはそれきり夢を見とらん」

由子の瞳《ひとみ》には何も映っていない。ただ虚空だけを映している。

「その日から絶交じゃ。大喧嘩《おおげんか》をしたんじゃないのに、会えんようになってしもうた。やっぱり私ら、前世で姉妹じゃったんかな。それが二番目に聞きたいことじゃ」

ようやく由子の虚空に、タミエが映ったようだ。今までほとんど目の前のタミエを無視して、どこにもいない利子という娘と語らい続けていたのだから。

だが、曲がりなりにもこれで生計を立てているタミエだ。すでに由子が一番聞きたい謎は把握している。だからこんなに体温が下がっているのだ。

「姉妹のうち殺したのがどっちで殺されたのがどっちか知りたいんじゃな」

強《こわ》ばる舌で念を押すと、初めて由子は朗らかに笑った。もうどっち側か自覚している笑い方だ。左瞼《ひだりまぶた》の上を冷えた汗が伝い、傷の形に沿って流れ落ちた。

「もうしばらくしてから、出直してきてもらえんじゃろか」

タミエは息を整える。嫌な展開になりそうな時はわかる。左側に日本刀が振り降ろされる音が聞こえるのだ。風を切りタミエを切り刻む冷えた音が、すぐ耳元で鳴る。

「これはかなり厄介じゃ。私も精進潔斎をし直さにゃあならんけん」

初めて由子はタミエの左目のあたりを見つめた。哀れみも好奇も何もない眼差しで、被布越しに傷跡をなぞった。そうして、素直にうなずいた。

由子が帰ってから、タミエは玄関脇の台所に行った。母親は板の間でぼんやり煙草を吸っていたが、話を聞いて煙管《キセル》を置いた。風に逆らって細い煙は棚引いた。やはり不吉だ。

「ふうん。本物の古美術や骨董品《こっとうひん》じゃのうて、若い女が喜びそうな中古の舶来品の店じゃな。わかった。調べとく」

口調も動作も物憂い感じだが、母の動きはいつも的確だ。以前はそれを、タミエの旦那《だんな》探しに大いに役立てていた。その癖なぜ、自身は父のような男を選んで一緒に居続けるのか。タミエは時折不思議に思う。

その母に頼んだのは〝確か××町駅の裏手にある舶来道具の店〟の所在確認だ。由子にいつから夢を見始めたか訊《たず》ねたら、さんざんのらりくらりと迷った挙げ句、あまり当てになりそうにはないが、

「そういやぁ利子と何気なしに入った店に、夢に出てくるような西洋人形や蓄音機が仰山あった。しゃあけど高いとか可愛いとか、そんくらいの感想しか口にせんかった

んよ。じゃけん、そこへ行った時にはまだあねえな夢は見とらんかったんじゃねえんかな」

そんな答えを得ていた。似たような品が並んでいたというのが、多少引っかかる。それと、その後の呟《つぶや》きも気にはなった。

「何かその店に忘れ物してきたような気がするん。何を忘れたかわからんし、別に身の周りから無《の》うなった物もないんじゃけど」

父に頼んだのは、岡山駅裏手にある田乃中屋なる遊廓にいる通いの娼妓《しょうぎ》〝お通〟こと利子の身辺を洗うことだ。父は返事もせずに、さっさと草履を突っ掛けて出ていってしまった。長年の商売で愛想の良さは身についているはずなのに、タミエと母には無表情で無愛想な顔しか向けない。

やがて小一時間も経った頃、父と母は示し合わせたかのように同時に帰ってきた。

「上品な婆さんが店番しとった。さり気のう、『娘の友達に聞いたんよ。その二人は双子みてえに似とっていつも一緒じゃが、覚えとらんかな』と訊《たず》ねたんじゃ。そしたら『うちは何でか一人で来られるお客様ばかりじゃ。二人連れの女なぞ覚えとらん』じゃて。そいでも商売っ気はあって、なんか変な西洋女の首飾りを目の前でブラブラさせたり、『その棚の短剣は大層な値打ちもんじゃ』とか盛んに売り込みょうった。いいや、何も買うもんか。古い物はうちで商う襤褸布《ぼろぬの》だけで沢山じゃ」

母の報告にはうなずくだけだったタミエだが、父の話には指先が真っ白になった。

「偶然、その楼の主人がちょいと知っとる男でな。それで〝お通〟と呼ばれとる利子について聞いてみたら、『確かに居るが、本名は利子じゃねえぞ。由子じゃ。前の前の女房と同じ名前じゃけん、よう覚えとる。前の前の女房は性分は兎《と》も角、面だきゃあ良かったけどな、うちのお通は西洋皿みてえなまん丸顔で田舎臭いけん、なかなか客がつかん』それねえなふうに言うとった。手前も羽毟《むし》った鶏みてえな顔しとる癖になぁ」

片目がなくなれば、視界が狭まるだけでなく距離感がつかみにくくなる。タミエは手を泳ぐ格好に突き出しながら、父の話を聞いた。聞きながら、自分も動こうと決めていた。無くした左目とつながる脳髄のどこかが痛んでいた。

岡山市のその通りには、乾いて熱い風が吹き抜けていた。被布の端を押さえながら、タミエはわざと日向を選んで歩き続けた。

あの女は誰なのだ。その楼の主人が言うお通の人相風体は、あの由子そのものだ。正真正銘あれは由子で、女郎をしているのも当の由子ということか。なんのための一人芝居なのか。利子なる女は本当にこの世にいるのか。

例の不可解な夢は本当に二人で見ていたのか。考えれば考えるほど頭の中を砂塵《さじん》が舞うが、タミエは歩く。多分、罪はないはずの身を灼《や》きながら。

宵のうちなので灯は乏しい。侘《わび》しい灯火の揺れる界隈《かいわい》は、痩《や》せた極彩色の女達でひしめいていた。そこに真っ白に塗りたくった由子を認めても、タミエはじっとしていた。

衿足《えりあし》に溜《た》まる生ぬるい汗を拭《ぬぐ》う。刻々と近づいてくる悪意の影を感じながら、墨痕《ぼっこん》の異様に太く艶々《つやつや》とした看板の「田乃中屋」の字を見上げる。タミエは裏手に吸い込まれていく由子を見送った後、決して左側を向かずに帰った。

道楽の骨董品商いなど、タミエもその親も快くは思っていない。生活を賭《か》けて襤褸買いをしてきたこともあるが、古いものに宿る人間の思念の恐ろしさも一家は身に染みていたからだ。愛蔵品を手放した人間の残留思念は強い。それらがまったく気にならず、ただその品だけを愛《め》でられる人や、その過去の曰《いわ》く因縁まで抱擁できる大らかな人の邪気の無さは羨《うらや》ましくもある。

だが由子と名乗る女が立ち寄り、母が見つけてきてくれた店は不思議な牽引力《けんいんりょく》を漂わせていた。いかにも勿体《もったい》ぶった古めかしい店構えではなく、といって華やかな小綺《こぎ》麗《れい》な店でもない。どこか物寂しい雰囲気はあるものの、そこそこ不幸でそこそこ豊かだった家の佇《たたず》まいだ。玄関脇の硝子《ガラス》戸越しに、不幸せな骨董品が物憂く微睡《まどろ》んでいた。

荷車の轍《わだち》と犬の足跡が、湿った路地の土を深く抉《えぐ》っている。ここの住人のものらしい草履の跡は一つも見当らなかった。死霊や悪意もまた、足跡をつけずに入ってくる。一階が店舗で、二階を住居にあてているようだ。他には客が誰もいないのを確認してから、タミエはそっと引き戸を引く。距離感を誤り、つまずきかけた。左の後ろに何者かの気配があった。

……宮一だ。しかしこの宮一の気配は一瞬だった。恨み辛みで現れたのではなかった。宮一は、確かにタミエの身を案じて出てきたのだ。

なるほど、店内には悪意が陳列されていた。母が言った通りの上品な老婦人が、売り物の揺り椅子に掛けて店番をしている。異国の鳥の羽を思わせる柔らかな銀髪を小さな髷《まげ》に結い、錆《さ》びた銀色の縞の着物を端正に着こなしていた。

雛《ひな》人形が老いたような顔の女主人は、タミエに気づいても声もかけず見もしなかった。硝子玉めいた瞳《ひとみ》は、じっと欧州風の書き物机の上に注がれたままだ。それでもタミエは油断しない。この女主人は侮れないと、瞬時に背中が反応していたからだ。

静かな悪意の気配に肌を粟立《あわだ》たせながら、陳列棚を見上げる。妙な掛け軸だの欠けた壺《つぼ》だのはなく、繊細な飾りの羽根扇や鈍く輝く硝子の花瓶やビロウド張りの宝石箱など由子の言う通り甘い異国情緒の品揃えだ。ただタミエは目利きではないが、それらが由緒ある骨董品でないことだけは見抜けた。わざと古びて見えるよう細工を施した中古品だ。深い曰くも因縁も憑《つ》いてはいない。

　そんな中、タミエが手に取ったのは古風な銀のコンパクトだ。これにはかすかな残留思念がある。昔、母が持っていた物にも似ていた。いつか若い男と逃げた際に持ち出したようだが、まさかその時売り払った物ではないだろう。その蓋《ふた》を開けてみるとくすんだ鏡に店内が映った。途端にそれを落としかける。いつの間に近づいて来たのか、あの老婦人の顔が映っていた。

「それが気になられるんか。お若いのにお目が高い」

　あくまでも穏やかに品良く、彼女は微笑む。タミエが振り返ると手招きをされ、コンパクトを棚に戻そうとするのは押しとどめられた。あいまいにうなずきながら、タミエは老女の引いた椅子に座る。この椅子に座ったまま死んだ子供がおるなあ、と重いため息をついた。

「それは昔、大層なお金持ちの旦那様に落籍《ひか》された芸者さんの物でしてなぁ。買うたのは巴里《パリ》だそうで。しゃあけど不幸なことに……」

　目の前で金色の光彩が揺れていた。その向こうにある二つの瞳も金色だった。足元からゆっくりと湯に浸されるように、温かな何かが這《は》い上がってくる。なのに背中はひどく寒い。悪性の熱病に罹《かか》ったように震えが押し寄せる。

　タミエは老婦人が奇妙な首飾りを目の前にぶら下げた時から、催眠術をかけられるのは予想していた。母はこの時点で、持ち前の強気を発揮し椅子を蹴《け》ることができたのだ。だがタミエは敢えて術にはまってやる。どこまで持ちこたえられるか不安はあるが、少なくとも五分《ごぶ》には持ち込めるだろう。

タミエは、見知らぬ豪奢《ごうしゃ》な襖《ふすま》の前に立っていた。背景は凝った造りの日本家屋だ。障子に射す光は鈍く、磨かれた廊下には奇妙な木陰が幾つも広がっていた。襖の把手に手をかける。すうっと開く。そこは茶室のように清潔な座敷だった。無駄な装飾は一切なく、掃き清められた畳が青い匂いを立てている。ただ、長火鉢に臥《ふ》せている藍《あい》染《ぞめ》の着物の女だけが、ひどい悪臭を立ち昇らせていた。

後ろ姿だけで美人とわかる撫《な》で肩、柳腰の女は、燻《くすぶ》る灰の中にその顔を突っ込んでいたのだ。投げ出された華奢《きゃしゃ》な右手には、どこかで見た覚えのある銀のコンパクトを握っていた。やがて女はゆっくりとその顔をあげた。女は何かに操られているのではなく、女自身の意志で身をよじり、振り返った。赤黒く焼け爛《ただ》れた顔面は、一部が炭化していた。溶けた眼球がそこだけ白く、タミエを睨《にら》みつけた。脅すのではない。腫《は》れ上がった唇は、笑う形に歪《ゆが》んでいた。

自分の絶叫で我に返ったはずだった。タミエは店の真ん中に棒立ちになっていた。老婦人は素知らぬ態度で机の上を片付けている。あの首飾りは引き出しに仕舞われたのかどうか、もう手元にはない。銀のコンパクトも、元通り陳列棚に戻してあった。

「……あんまりいい趣味じゃなかろう」

そう言って静かに近づくと、さすがに老女に怯《おび》えの色が走った。いつもなら夢から醒《さ》めた人間は一様にキョトンとし、何をぼんやりしていたのかと首を傾げながら出ていくはずなのに。そうして再びここへ来ない限り、その夢を思い出すこともないはずなのだ。

「あんた、ここに来る客に妙な術をかけとろう。いや、夢を見させると言うた方がええか。そいでその後は、見た夢を忘れてから目を覚まさせる暗示もかけとるな」

勝ち誇った態度でもなく、哀れみを込めてでもなく、タミエは淡々と告げた。

「私にも多少の心得はあるんじゃ。じゃけん、私は自力で目を覚ませたんじゃ」

開き直った老婦人は、あの焼け爛れた女そっくりの笑顔になる。

「軽いお遊びじゃ。長続きする暗示じゃない。再びこの店で品物を目にせん限り、恐いこたぁなしじゃ」

それに……と、老婦人は硝子玉めいた眼差しを、タミエの左瞼《ひだりまぶた》に注ぐ。

「付け入られる方も悪いんよ。原因は当人にあるものじゃけん」

生まれついてのものか、タミエのように何かのきっかけで後から得たものかはわからないが、この老婦人はある意味では、タミエよりよほど強い能力を持っていた。

この老婦人は客が心惹《ひ》かれた品にまず〝物語〟を添えて催眠術をかけ、擬似の前世体験やら異界探訪をさせていたのだ。無論、土台となる〝物語〟は老婦人の創作だが、たまに本人も忘れていたような過去や真実を引き出す事故が起こるらしい。

「……ここでの〝軽いお遊び〟が元で、苦しむ知人が二人おる」

おそらく最初は、品物を買わせるために行なっていたのだろう。それが次第に商売気よりも悪意が勝るようになっていった。それこそ生まれついての素質なのか、因縁や愛憎の籠《こ》もった品々の毒気に当てられてのものかは与《あずか》り知らぬことだが、〝由子〟と〝利子〟がその術に翻弄《ほんろう》されたのは事実なのだ。

「どんなお方じゃ。私はお客様が一人っきりの時しか誘わん」

老婦人はあくまでも優雅な動作で、ゆっくりと壁や天井を見渡す。揺り椅子が軽く軋《きし》んだ。老婦人の視線の先に、母が言っていた短剣があった。血は吸っていないようだ。

「いいや。二人でここへ来たと言うとる。〝姿のない姉妹〟の幻覚を見せた客じゃ。ここへその一人を連れて来るけん、どうか完全に術を解いてやってつかあさい」

被布の上から左目をそっと押さえ、タミエはできるだけ穏やかに告げた。しかし老婦人は愛らしい仕草で首を傾げ、もう嘘はつかんと呟《つぶや》く。

「本当に一人の客にしか悪戯《いたずら》せんのよ。一度に何人もに術はかけられんしな。それに……〝姉妹〟の物語なんぞ作った覚えはない」

老婦人は確かに嘘はついていなかった。その困惑ぶりも演技ではない。

「じゃあ……覚えとらんかな。丸顔で安っぽうて派手な女じゃが」

老婦人はしばらく、黙って揺り椅子を軋ませた。その姿はどこか、どうやっても直せないほど壊れた古い人形を思わせた。やがて揺れに合わせ、歌うように答えた。

「妙におどおどしとるのに、急に短気な態度をとる女じゃろか」

即座にタミエはうなずいていた。西日に当たり、壁の短剣が白く煌《きら》めいた。その煌めきを喉元《のどもと》に受けながら、老婦人は僅《わず》かに顔をあげる。

「私が見せたのは〝友達〟の夢じゃ。しかしその女が気に留めたんは棚の品じゃない。この扉の向こうの川の音に反応しとった」

百間川《ひゃっけんがわ》の流れの音は物憂い。遠くに近くに水の音がする。由子が水音にそれほど引かれたのはなぜか。指差す方には、重厚な木の扉があった。真鍮《しんちゅう》の把手には、荒い彫刻が刻まれている。タミエはその扉に向かい、小さくきっぱりうなずいた。由子の安い香水の残り香がある。川の流れの音に、女の声が混じったと聞いたは幻聴か。

「後始末は私がするけん、もう悪い暇潰《ひまつぶ》しは止めてつかあさいよ。あんた自身の夢見のためにもじゃ」

返事の代わりに椅子が鳴る。それは、はい、という返事ではなかったが。

奇妙な夢の謎は、一応解決した。孤独な老婦人の催眠術による悪戯。暇潰しの悪意。

暗示にかけられて惑う幻想。普通は醒めた時点で忘れるはずなのに、なぜか由子と利子は後を引いてしまった。ただ、それだけなのだ……。

だが、解決できない謎がもう一つ残っていた。利子という女の存在だ。

約束の日、由子は遂に来なかった。元々きっちり約束を守る感じの女ではなかったし、書いていった住所も本当かどうかわからない。しかし、もう前金だけは貰《もら》っているからいいと思った。正直、もう関わりたくない。なにせ、あの不吉な棺《ひつぎ》の夢が続いたのだ。いかなタミエでもこれはかなわなかった。目は、開いていても閉じていても無くしてしまっても、嫌な物を見てしまうのだ。


そのまま一ヵ月が過ぎた。季節は完全に真夏になり、障子には羽を持つ虫が盛んに追突していた。その音と翌朝窓の下に見る死骸《しがい》に、タミエは由子を思った。窓の下の夥《おびただ》しい虫の死骸は、花弁のようでもあった。

由子の消息、そして利子の存在が明らかになったのは、小夜嵐《さよあらし》の翌朝だ。新聞の三面記事にあの由子の丸い顔が載っていたのだ。ただしその下に記された名前は、〝利子〟だった。しかしタミエにとっては、まだこの娘は利子などではなく由子だった。

雲の影も雨の気配もない蒼穹《そうきゅう》の下で、タミエは記事を読む。かさかさと新聞紙は乾いた音を立てる。骨董品屋《こっとうひん》に押し入った〝利子〟は、ここに忘れ物をしたはずだから返せと騒いで、店主の老婦人を店に飾ってあった短剣で刺し殺してしまったという。

忘れ物は記憶だ。

恐ろしくも大切な思い出だ。

だから失くした場所がこの店でも、老婦人は返してやれなかった。

新聞紙を持ち上げた途端、血が滴ったと見たのは最後の幻だった。なるほど、これもまた刺された方も悪いという結果に帰着するのだろう。

由子、いや利子から手紙が届いたのは、その日の午後だった。

利子は店に押し入る前に、これを投函《とうかん》したらしい。そこそこの家庭に育った女学校中退は本当だった。字も文章も一応は整っている。

タミエは手紙をひとまず伏せて、新聞から読んだ。

――汲々《きゅうきゅう》たるバチルスは常に利子の身辺を去らず……

新聞に躍る流行《はや》り言葉に、苦い微笑が浮かんだ。いかな霊能力者でも、さすがに本物のバチルス――桿菌《かんきん》――など見えはしない。だが流行り言葉のバチルスは、連日のように不良少年少女に冠されているのを目のあたりにできる。

地元の新聞によれば、〃利子〃は女学校にまで進んだのに悪い仲間に引き込まれ、我儘《わがまま》をつくして学校も中退し、ついには醜業にまで落ちていたという。お通と名乗って客を取っていたと、馴染《なじ》み客の証言まで載せている。あの娘っ子の中には、二人の人間がおるようじゃった。

――不良仲間は気弱なところもある利子に甘言を以て誘い出したり……

その甘言を弄したのは名前こそ書かれていないが、〝由子〟であったろう。

――バチルスに冒されし岡山の堕落少女団あり……

バチルスなんぞであるものか。新聞を放ると、利子からの手紙を透かし、タミエは呟く。堕ちるのは自身の魂の欲するところだと、知らないのは新聞記者だけなのか。手紙の震える筆跡に手を当てて目を閉じ、意識を一点に収束させる。リボンの紫に似た色が、両の瞼に平等に散った。それと同時に、文字を綴《つづ》った女の声が耳元によみがえる。無論、いつかここに来た女の声だ。今はもう自分は利子と名乗り、大事な友達だった由子について語っている。澄み切った声ではない。ざらざらと雑音の混じる、遠い場所からの声だ。

「由子だけじゃないんよ。私は子供の頃から、〝性根が犬〟の奴らに付け込まれるばっかりじゃった。犬は大勢の人間の中に入ると、自分の位置を下から二番目にするのを知っとるかな。必ず一番弱い人間を嗅《か》ぎつけて、文字通りそいつを犬以下にするんじゃ」

　手紙を抱いて障子に寄り掛かり、タミエはひたすら傷一つない青空を仰ぐ。

「友達のつもりでおったのは私だけじゃ。由子はそれこそ、私を駄犬としか思うとらんかった。皆にも堂々、『利子は私の犬』と言い放っとった。皆も、あんた達は主従関係と笑うとった。自分も犬の癖に、もう一匹の犬がちょっといい着物を着とったり、六高の学生に付文《つけぶみ》を貰《もろ》うたりしたら、それだけで激怒してお仕置きじゃ」

　手紙から立ち上る声に抑揚はない。作り声でもない、素のままの〝利子〟の声だ。

「……あてもなしに女学校辞めて、毎日悪さしとった。親には帰ってくなと言われたけどな。身も売ったで。悪いことは大概やった」

　主従関係の主とはいえ、あっちもそれほど強気の姉御でなかったのは、タミエも見当はついていた。情緒が不安定なだけの、普通の女だったろう。だから一度捕えた犬は、駄犬でも手放せなかった。倦怠《けんたい》のにじむため息だけが、奇妙に首筋にかかる。

「……悪い事は組んでやるのに、捕まるんは私だけじゃ。首謀者の由子はケロッとしとる。……体を張るのは私のになぁ、稼ぎの大半は由子に行ってしもうた」

　そこで雑音は一気に増幅された。続いて声も破裂したように甲高くなったが、それはまるで聞き取れなかった。そして唐突にプツリと声は聞こえなくなった。あとには素っ気ない文字が綴られるばかりだ。

利子はどこにいった。その時タミエはある予感を得た。熱された路から立ち昇る陽炎《かげろう》ほどに、歪《ゆが》んだ予感を。

「突然ですまんがの。少々聞きたいことがあるんじゃ」

二人の刑事が訪ねて来たのは、海の上ほどに風の凪《な》いだ昼だった。影までが汗を滴らせそうな蒸し暑さだ。葉の擦れる音さえ息苦しい。蟬の声と死霊の声もなかなかに区別がつきにくい。

ともにくすんだ着物姿の二人は、名乗りもせずに玄関に入り込んできた。たまたまその時は父も母も外出していた。土間に立つ二人のうち、初老の方は牛とか犀《さい》とかの草食動物に似ていた。若い方は役者顔だった。

「手間はとらせせんけん、親も呼べんか」

この二人もまるで由子と利子同様に、二人で一人かという喋《しゃべ》り方をする。タミエは僅《わず》かに怯《おび》えながら被布の端で左目を深く隠し、親は出ている、と低く告げた。

あの二人は何かあれば二人で逃げ出す。いつも娘は置いていく。売るものがなければ互いを食いあいながら、どちらも消えてしまうまで歩き続ける。

「知っとろう。利子という女を。帳面にここの所在が控えてあったんじゃ。……あの事件があった店の名前の下にな」

「……はい。その方は確かにここへ来られました」

手紙を隠した文机の方は向かないようにする。左目の奥が白い発光体を捉えた。

「……『そうじゃ。あのおばあさんを殺すよう命じたのも〝利子〟じゃ。人殺しだけはと断ったら、じゃあお前を殺すと脅された。殺されるんは恐《きょう》とうはないが、利子に見離されるのは恐い。じゃから言うことを聞いた』……」

突然に若い方が喋り始め、タミエは硬直した。女の声色など使ってないが、あの女の口調にそっくりだったからだ。この人は刑事ではなくて同業者かと、あっけにとられる。その若い刑事を制し、初老の刑事は少し苦い笑いを浮かべた。

「とまぁ、こんなふうに供述しとるんじゃ。自称由子の利子はな」

二人はタミエの出した麦茶に、まったく口をつけようとしない。

「取り調べには素直に応じとる。取り乱しもせんし、経歴に関する嘘もない。しゃあけどなぁ……あれは〝利子〟じゃで。あんたにもきっと、〝由子〟と名乗ったろう」

「骨董品店ではきちんと本名を名乗っとったけん、完全な病気、いや、思い込みではなしに、時々混乱するか意識して使い分けとったかじゃな」

混乱させたのは由子か利子か教えてつかあさい、と言いかけ、とどまった。

「同級じゃった子等に聞くと、確かにあの娘にゃあ〝由子〟という友達がおったらしいが、仲良しというよりは例の〝利子〟をいい様に使いっ走りにしとったんじゃてな。

ところがその〝由子〟は、女学校を辞めた直後に死んどるんじゃ」

文机の引き出しで、手紙が震えていた。〝由子〟が来た？　タミエの手足の先は真夏というのに冷えきった。死霊の応答は……ない。

「なんでも酔っ払うてふらふらになって、川に落ちたらしいがな。一カ月も見つからなんだというけん、悲惨な最期じゃな」

若い方の刑事のため息に、悪寒が走る。川のせせらぎに女の声を聞いたのは幻ではなかった。あれは由子だったのだ。

嫌な骨董屋の店先がよみがえる。あの扉の把手を握って催眠術をかけられたのは、気弱な利子だ。川に友達を突き落としたのも、大人しい利子だ。

俯《うつむ》くタミエの頭上越しに、刑事達は朗らかともとれる会話を続ける。

「しかし……今度は〝利子〟が〝由子〟を操っとるんかな」

「いいや、死んでも〝由子〟は〝利子〟をこき使うとったんじゃ」

官憲に対する眼差しは、いつでも従順でなければならない。だからタミエは俯いたままなのだ。きっと今の自分は嫌な目付きをしている。彼らに見られてはならない。この場を早くやり過ごしたい。一刻も早く刑事などには出ていってもらいたい。

だが刑事達は、頭上越しにでもタミエの胸中は察したらしい。なぁ、あんた、とタミエの顔をあげさせると、まるでタミエまでがその一味とでも言いたげな侮蔑《ぶべつ》の視線を向けた。

「ところであんた、妾《めかけ》商売から霊媒師に鞍替《くらが》えじゃてな」

「どっちも、許可も資格もなしに始められるか。別にそれだけでは罪にはならんがの。もしあの娘に妙な暗示でもかけとったら問題になるで」

悔しくないと言えば嘘になる。だがここは大人しくやり過ごし、被疑者などにさせられないよう努めた方が得策だろう。卑しい者と見下げられようが、自分は彼らの言う通りの生業《なりわい》で生きていく他はない女なのだ。利子が由子として生き延びる他なかったように。

そんなタミエの左側に、誰かが座っている。懐かしい男の匂いがする。初めてタミエはその男に愛しさを覚えた。その者は心が通じたか、わずかにタミエの頬を撫《な》で、消えた。タミエは昂《たか》ぶらず、畳についた手で体を支えながら答えた。

「あの方は死んだ友達に会いたいと来ただけじゃ。でも私はまだ死霊を自在に呼び出せる力はないけん、お断りしました。それだけじゃ」

刑事は帰り、親は帰って来ない。死霊も生霊も訪ねては来ない。ただ一人取り残されたタミエは、障子の陰から暮れゆく空を仰いだ。細い新月の隣に、あの偽の姉妹が無理矢理詰め込まれた棺《ひつぎ》が浮かんでいる。

消したかったのは、そして生かしたかったのは〝由子〟か〝利子〟か。自身か過去か、この世界すべてか。

わからないことばかりのこの黄昏《たそがれ》の中、わかることはただ一つ、梅雨あけの明日はどこまでも眩《まばゆ》い快晴だということだ。きっと強すぎる陽射しに、あの手紙はぼろぼろに乾いて崩れて飛び散っていくだろう。そうして二度と、由子も利子もその晴れた陽射しの下には戻って来られないのだ——。

岡山清涼珈琲《コーヒー》液

無くした物を惜しむのも、亡くした者を惜しむのも、この晴れすぎた夏空の下では長くは続かない。生白い障子紙を覆う緑陰は刻々とその形を変え、いっときも静止することはない。首筋の産毛がそよぐのは、障子紙の破れ目を震わす風の所為《せい》ではない。ひっそりと庭に立つ午後の死霊の仕業であった。

「こんなもんを美味《うま》い言う者が居《お》るんかな。苦いばっかりじゃが」

庭の淡い死霊の気配になど気づきもしないタミエの母は、だらしなく横に流した足元に茶碗を置く。柄だけは派手な草臥《くたび》れた絣《かすり》の衿元《えりもと》に、零《こぼ》れた茶色の染みが古い血のようだ。

障子紙を背に座るタミエは、茶碗を持ち直した。失われた左目にも映る黒い色がその茶碗の中でも揺れている。一息にその苦さを飲み干せば、背後の幽《かす》かな死霊の気配は消え失せ、陽に焼けた畳には一筋の影さえ落とさない。

あれは……と、タミエはわずかに肩を動かし背後を覗《のぞ》く。違う、と茶碗に残る苦い香りに呟《つぶや》く。庭先に佇《たたず》んでいたのは、タミエの左目を奪って死んでいった宮一ではなかった。

女だ。老いているか若いかはわからないが、確かにそれは女だった。無論、いい死に方はしていない。

「そうかな。ハイカラな味じゃと思うけどな」

タミエは初めて小さく微笑んだ。縁側に置いた今朝の山陽新報が風に捲《めく》れ、麗々しい墨痕《ぼっこん》の広告文が動画のように揺れる。

《明治四十二年夏　岡山一番のハイカラは東京××商会製造の清涼珈琲液　当地東中島の相田《あいだ》商店にてその特約販売を為すと……》

明日の食い扶持《ぶち》に困ってもハイカラと付くものには大人しくしていられない母が、どう工面したか一升壜《びん》に一杯のその珈琲液を買ってきた。タミエの許《もと》にとびきりの上客が来れば出すつもりなのだろう。

「あそこの店は女将《おかみ》が遣手《やりて》じゃけんな。なんか最近は具合が良うないらしゅうて、あんまり店先にゃあ出てこんけどな」

タミエの親は揃って、岡山市内の色々な情報や噂に精通している。タミエの商売に必要だからだ。依頼客を一旦《いったん》帰した後、父と母は手分けして身辺を調べあげる。それらをさもタミエの霊感で知ったと見せかければ、礼金は跳ね上がるし次の客もやってくる。

「そんなら困ろうがな。あの店は女将で持っとるんじゃろ。旦那は生きとった頃から、生きとっても死んどってもおんなじじゃと言われるほどじゃったらしいしな」

「確か、娘が居ったろう」

二人の会話を聞き流し、《岡山清涼珈琲液》と新聞の広告文を読みあげれば、再び舌に苦みはよみがえる。《盛夏飲用には最適なる清涼珈琲液は冷やせば一層美味なるよしにて……》実際に飲むよりも、広告文を読む方が美味に感じられる。

「ああ、その娘に養子を取ったはずじゃ。まだ見たこたぁ無いけどな」

字は読めないはずだが、母は広告の《相田商店》の文字を指先で指す。ふいにタミエはその字から芳《かす》しい香りが立ち上るのを感じた。濃い珈琲の味も舌先に纏《まつ》わる。それは先程庭先を掠めた死霊の残り香とも同じだった。

左目と引き替えに、ともかくタミエは不可思議な力を手に入れた。無くした物の在処《ありか》がわかり、亡くした者とも会える。死の影や失せ物の欠片《かけら》は、時に容易《たやす》く時に恐ろしくタミエの暗い眼窩《がんか》に像を結ぶ。

商売に失敗した後、妾《めかけ》として囲っていたタミエを日本刀で襲い、無理心中で果てようとした宮一は、考えてみればタミエを道連れにはできなかったが永劫《えいごう》妾にしたようなものではないか。しかも月々の手当ての代わりになる仕事も与えてくれた。ならば、時おり死霊として部屋の片隅に座っているくらいは厭《いと》わない。死霊は日本刀も振り上げない。

今タミエは岡山市の商店街を少し外れた川べりのこの古びた借家で、死者と戯れ生計を立てている。かつては妾商売で、今は霊媒師として二親を養っている。さてどちらが辛くどちらが楽かと聞かれても、すぐには返答ができない。己れの身体をいいように弄《いじ》られるという点では同じだ。

それでも、死者との会話の方が多少疲れが大きく、生者とのやり取りの方が多少生臭いと答えられるか。いずれにしても、身を削って親の面倒を見ているにも拘《かか》わらず、あまり孝行娘とは誉められない点も変わりない。

小商いに失敗ばかりする父と、思い出したように若い男をこしらえて出奔してはまたいつのまにか戻る母と。それでもこの三人は互いにもたれ合い寄り添い合い、いつか逃げ出したいと夢想しながら暮らしている。

離れられないのは生活のためだけではない。タミエの失われた左目ほどには情も残されているのだった。宮一が死んでもなお本妻の方には寄り付かないように。

岡山の明治四十二年夏一番のハイカラ味は、しつこく舌に喉《のど》に残った。蟬の鳴声に刃物を磨ぐ音を追想しながら、タミエは開けた障子の向こうに侘《わび》しい庭を見下ろす。痩《や》せた夏の花は、何者かの足に踏み躙《にじ》られて枯れていた。また、どこかの死霊が訪れたのだ。死者は必ず生者より先にやってくる。

岡山市の外れの川岸沿いには、粗末な家が互いに倒れかかるように支え合うように軒を連ねている一角があるが、タミエの家もその中にあった。この侘しい借家は台所の他には二部屋しかないが、とりあえず「奥の間」と呼ばれる六畳間がタミエの部屋であり見立てをする部屋だ。人通りのない路地裏に面した部屋は、日没間際だけ異様に明るい陽が射し込む。刹那《せつな》、死者さえも朗らかな笑い声を立てる。路地裏に子供らの足音が響く。その時を除けば、ただ陰鬱《いんうつ》な狭い部屋だ。

母が適当に古道具屋で揃えてきた、ただの虚仮威《こけおど》しの祭壇や燭台《しょくだい》に囲まれ、紫の被布を被《おお》ってからタミエは鎮座する。呪文も経文も不要だ。不吉な気配はいつでもあちらの方から寄ってきてくれる。

信心の所為でも功徳の所為でもなく、ただ西方に淡い虹のかかった昼下がり、その依頼客はやってきた。藍染《あいぞめ》の着物をきちんと着たその男は、殊更に分限者ぶっているのではないが、霊感などなくとも小金を持っていることは知れた。

手が、きれいだった。なぜそんなに手がきれいなのかと、タミエは胸を衝かれた。力仕事をしていないというだけではない。緑優しい野辺で花を摘むような、ではなく、緑優しい野辺の花の茎のような手だった。

その手に触れたい、触れられたいと思ったことで、遣《や》る瀬《せ》ない痛みを覚えた。かつての濃い化粧のタミエなら、まず先に目の前の男がそのような気持ちを抱いたのだ。

紫の被布で顔半分を覆い、妖《あや》しげな霊能力者となった今では、男はまずタミエに警戒心と恐れを抱く。生前はあれほどタミエに執心していた宮一でさえ、今ではいっこうに触れてこないではないか。だが、嘆いて容貌《ようぼう》が元に戻るなら幾らでも嘆く。タミエはもう、男とは別の関わり方をしなければ食えない。食えない心配の前には、男に触れてもらえぬことなどどれほどのことか。

「お暑うございましょう、旦那さん」

そんな娘の胸の内などまったく考えもしない母は、今も昔も遣手婆の口調だ。その手ではなく、金回りの良さそうな雰囲気を見て取った母は、タミエの部屋に通した後すぐ小走りに台所に行き、あの珈琲液を出そうとした。

「丁度ええもんがあるんじゃわ。旦那さんならもう、とうに飲まれたかもしれんけど、今評判のハイカラの飲み物が……」

その母を止めたのは、その白い扇にも似た手の動きをする依頼客だった。自慢げにでもなく嫌そうにでもなく、きっぱりとした口調で告げた。

「いや、それならもううんざりするほど飲んだけど、よろしいで。実は私がその相田商店の者ですけんな」

あれまぁ、と母は大仰に驚いた。タミエは鎮座したまま、相田なる男を見上げる。目が合った刹那、違う胸の疼《うず》きを覚えた。

相田商店特約の岡山清涼珈琲液。だがこの男から珈琲の匂いはしない。匂うのは庭にいた死霊の残り香だ。タミエは微《かす》かに眉《まゆ》を顰《ひそ》めて母を台所に下がらせると、改めて正座し直した。すでに手から気持ちを離し、男の肩に見え隠れする微かな気配を捉える。

それにしても、きちんとタミエに向かい合い、タミエを正面から見つめたのもこの依頼客が初めてだった。大抵の者が、死者よりもまずタミエを恐れる。それ故、逆にタミエはこの目の前の男を恐れた。見透かされるのはこちらかもしれぬ。

とりあえず不吉な庭からは隔たり、障子に妖かしの影は映らないが、舌に喉に苦みが刺す。宮一の振り降ろす日本刀の音さえ聞こえてきそうだ。

「さっきも名乗りましたがの。相田いいます。東中島で商いをしとります」

やや癇性《かんしょう》な雰囲気はあるものの、この男はこれまでここを訪れた者の中では、最も「後ろ指を指されることのなかった半生」を送ってきたように思われた。身に余るものは求めず、手の届く物はすべてきちんと手に入れ、己れに不当に高値もつけず安売りもしなかったこれまでの道程が、その生真面目で硬質の面差しから知れる。

そう、その手は決して汚したり汚れたりはしていないはずだ。でなければそれほどまでに美しくしていられるものではない。タミエがどう透かして見ても、その手に血や泥は浮かんでこない。ではなぜ、これほどタミエを引き付ける。

その手を膝《ひざ》の上で揃え、相田は背筋を伸ばした。

「確かに相田商店の主人は主人じゃが、私は婿《むこ》養子でして」

自慢も卑下もない、その手ほどの簡素な喋《しゃべ》り口調だ。このような男に取り憑《つ》くものはやはり簡素な悪霊か清潔な怨念《おんねん》か。何はともあれ、このような場所に来るには余程の理由と覚悟が要ったはずだ。

タミエはあえて口を挟まず、まずは喋らせることにした。相田はまだ三十にはなってないだろうが、タミエより年上なのは知れる。それに今をときめく東京××商会のハイカラな清涼珈琲液の岡山唯一の特約店主人とくれば、タミエなどに敬った言葉遣いなどしなくてもよい。それを膝も崩さず丁重な態度を取り続ける相田に、タミエは嬉《うれ》しさより戸惑いより、なぜか痛ましさを感じた。

この相田は、目の前にいる人間にはとにかく強気に出られない性質なのだ。この礼儀正しさは、その事への折り目正しい言い訳なのだった。婿養子に入ってから身につけたか、元々そのように生まれ付いているのかはタミエの強固でない霊感ではわからない。

タミエが喋らないからか不安を払拭《ふっしょく》しようとしてか、相田は突然に饒舌《じょうぜつ》になった。

「たった一人の娘が可愛ゆうてならんのはわかりますがの。ちと、行き過ぎでしてな。嫁は……とにかく母親からまだ乳離れできん女でして」

まるでその母親と嫁に重ねるように、タミエを睨《にら》む。この相田はとことん生真面目に怒っているのだった。珈琲液を運んできた母も、そそくさと下がった。霊気よりも相田の怒気に押されたようだった。

この相田は嫁よりも、その母親に強い感情を抱いている。タミエはひとまずそのことだけは見通せた。その感情が憎しみか愛情かはまだわからない。

しかし自分に曖昧《あいまい》な霊能力しかないことだけは、気取られてはならない。この相田が、嫁よりその母親に強い想いを抱いていることだけは知られたくないように。

「舅《しゅうと》はもう死にましたがの、ぼっけぇ影の薄い人じゃった。自分もいずれああなるんじゃと毎日見せ付けられよった」

死してなお、その舅は影が薄いようだ。未《いま》だこの部屋には妖しい影も気配もない。タミエの左目も疼かず、日本刀が鳴る嫌な幻聴もない。ただ、わずかに正座の膝を崩そうとした時、相田の肩は不自然に揺れた。死者が押したのかとタミエは身構える。

……どうやら違うようだ。梅雨の明けたばかりの蒸し暑い空気は澱《よど》まずにある。冷えた風など吹き込んではこない。珈琲の匂いの粒子も飛び去り、枯れた花の匂いだけがした。

「さすがに閨《ねや》にまでは入ってこんかったから、今年の春には子供もでけた。残念ながら跡取りじゃあなかったが、そいでも可愛いもんですわ、娘は」

霊視のためにではなく、ただの好奇の気持ちからタミエは身を乗り出した。襖《ふすま》に寝所が映像として浮かんだからだ。西方の虹が光源になっているからか、艶《つや》っぽい姿は映らなかった。ただ仄白い寝具が見えただけだった。

それでもタミエはじっとり粘い汗が滲《にじ》んだ。瞬時ではあるが、確かにそこに濃密な匂いを嗅《か》いだのだ。女がいた。濃密な匂いの女がそこにはいたのだ。

「珈琲液の特約も姑《しゅうとめ》の力で取ってきたようなもんじゃ。見た目は大人しそうで、とてもそねぇな気丈夫な女には見えんのじゃが……」

相田は言いよどむ。このような場合、決して急《せ》かしてはならない。相手の口が開くまで待つだけだ。聞いて貰《もら》えるだけで満足する客も幾人か相手をした。ただしこの相田は、それだけでは済まない厄介さは垣間《かいま》見える。

ふいに、蝉の鳴声が途切れた。庭に誰も入ってきた気配はない。その静止したような空気の中、相田はそのきれいな手を握り締めて顔をあげた。涼やかな目元に、濁った苦渋はない。ただ怯《おび》えの色が強かった。

開かないままの左目に力を入れると、タミエはいきなり核心に触れる質問を吐き出す。相田商店で買った清涼珈琲液の匂いの息とともに、初めて口を開く。

「その姑さんは、今どうしておられる」

庭先に死霊がいる。侘《わび》しい庭の花の陰に佇《たたず》んでいる。女だ。恨み言を言う訳でもなく、強い念も発してはいない。ただ花に寄り掛かって現れた。

「居らんように、なったんじゃ」

揃えた膝の上で拳《こぶし》を作り、相田は初めて目を逸らしたまま告げた。

「七日ばかり前に、突然姿を消したんですらぁ」

精神をどのように統一しようと、タミエの力では、その失踪《しっそう》した姑と庭先の死霊が同じ者なのかどうかはわからない。女であるのは確かなのだが、敢《あ》えて強い思念を発してこないのだ。死霊はただ庭先にいる。それだけだ。

「珈琲液の特約もようやく取り付けたばかしで、他の店じゃあ当然、面白うは思わん者も居る。それにうちの嫁も子供を産んだばっかしじゃ」

相田の声は上擦っていた。果たしてその姑の死を願っているのか生を望んでいるのか。耳を澄ませるタミエには、再び降り始めた蟬の鳴声しか聞こえてこない。

「騒ぎにはしとうないから、警察には内々に捜査を頼んどる。新聞にゃあまだ出とらんし、なんとか出さんよう裏から手を回して貰《もろ》うとる」

警察、と口にした時、また頬が引きつれるのを見た。

「嫁は、半病人になってしもうた。死んどるかもしれんなぞ、それこそ死んでも口にゃあできん。きっと帰ると言い聞かせてなだめとります」

失踪となれば生霊を呼ぶことになるか。生霊は厄介だ。死霊よりも聞き分けがない。

第一に生霊は戻る場所がせせこましい肉体とあって、出入りを繰り返させるところも生霊も甚だしく疲労する。死霊ならば、茫漠《ぼうばく》たるあの世へはどこにでも戻ってゆける。

「一緒に居らんなった使用人とかは、おりますんかな」

タミエも、死んどるんじゃないんかな、とは口にはできない。庭先の死霊の説明がまだ充分にできないからだ。母のように若い使用人の男と逃げたのではないかと、タミエは取り敢えず一般的な疑念を出したのだが。

「いんにゃ。一人もおりません」

珈琲液を一息に飲み干し、相田は言い切った。

「古うから居る信用できる使用人には事情を話しとるが、他の者にはちょっと遠方の病院に入院させたと言うてあります」

それにしても、とタミエはさっきまで珈琲液の入っていた茶碗を見つめる。まずは生きているのか死んでいるのかを確かめねばならないのだ。これは調査を請け負う父も母も困るだろう。それは商売上おくびにも出さず、タミエはため息をついた。

「わたしに、お姑さんの居場所を当てて欲しいんじゃろか」

相田は息苦しそうに衿元《えりもと》を緩め、タミエ以上の深いため息をついた。

「生きとるにしても死んどるにしても、いっぺん自分と話をさして欲しいんじゃ……

どうしても、聞いておきたいことがあってな」

じっとりと背中に着物の布地が貼りつく。対する相田は汗ばむ気配すら見せない。なぜそんなに冷えているのかというほどに。

タミエは座ったまま、浮き上がる意識を集めた。見も知らぬ嫁の顔と姑の顔が、白い花弁のように重なり合いぶつかり合い崩れゆく。

「……昨夜のことじゃが。布団《ふとん》の中で久しぶりに嫁の方に手を伸ばしたら」

急激な昂《たか》ぶりが、頬を痙攣《けいれん》させていた。タミエも頭痛を覚える。

「嘘じゃあない。布団の中におったのは母親、姑じゃった」

襖《ふすま》が歪《ゆが》み、映像も歪んだ。束《つか》の間《ま》、老いているが艶《つや》の残る女の口元が見えた。それは確かに笑う形に歪んでいた。

「無論、本物の姑と入れ替わっとったんじゃあない。瞬きを三回ほどしたら、すぐに嫁に戻ったんじゃが」

左目の奥の闇と、右目の表面の閃光《せんこう》。タミエは苦い唾《つば》を飲む。

「じゃが恐《きょう》とうて、とてもじゃないがもう手は出せなんだ」

タミエも思わず目を閉じていた。襖にそれが映りかけたのだ。いくら霊媒師を生業《なりわい》としているとはいえ、怖いものは怖いのだ。わからぬものはわからないままでいたいのだ。だが、見なくて済むものを見るのが今も昔もタミエの生業だ。

「……つまり、その、なんと言うたらええんじゃろ。一緒になりすぎて、ほんまに一緒になったんじゃな。巧いこと言えんが……」

相田の唇が痙攣した。嫌悪感ではなくただひたすらな恐怖感のためにだ。タミエはようやく無理矢理《むりやり》に目を明けた。眩《まぶ》しい。何もかもが白く抜ける。

「そのお姑さんとは喋《しゃべ》れんかったんじゃな」

相田は黙ってうなずいた。固く握りしめた拳《こぶし》が真っ白だ。

「ああ、そうじゃ。もう一ぺん出てきてくれたら、ちゃんと喋れるんじゃ」

タミエは辛うじて震えを押さえ、いつもの台詞《せりふ》を口にした。

「精進潔斎の時間を取らしてつかあさい。そうして、また明後日あたりに来てつかあさい。そうすりゃあ……」

明後日までに父母に色々と調べさせるのだが、果たしてその姑は生きているのか死んでいるのかというところから始めねばならない。

「この次にはきっと、生きとるにしても死んどるにしても呼べますけん」

生きていても死んでいてもこの相田の前に呼び出さねばならないのだ。自信はないというより、怖い。もううちの庭には立たないで欲しい。

だが相田は承知し、丁重に頭を下げて立ち上がった。その礼儀正しさが再び、タミエの胸を痛ませた。相田は出ていく前にふと振り返った。肩越しに庭先の気配を感じたのか、束の間その肩に添えられた細い手が見えた。女の手だ。老いた女か若い女かはわからないが、ただ良い死に方をしていないということはわかった。

除霊もしていないのにひどく疲労したタミエは、引き摺《ず》るような足取りで台所に出た。土間が暗いため、庭が異様に明るく抜けて目に映る。父はまだ帰ってきておらず、母もいつの間にか出ていた。あの二人は生きた死者か死んだ生者だとタミエは思う。いないと思えばいるし、いると思えばいない。いて欲しくもあり、いなくなればどれだけ楽かと願う。

だが、今はただ一人。死霊も生霊もいない夏の宵の口、吐く息も熱を帯びる。衿足に、誰かの吐息がかかる。

竈《かまど》の横に、例の珈琲の罎《びん》はひっそりと置かれていた。誰も手を触れていないのに、中の液体は揺れていた。すでに消え去ったのは死霊だけではない。淡い虹も跡形なく失せていた。ただぽっかりと空虚な青空は、何も映してはいない――。

「厄介じゃのぅ。生き死にがわからんのか」

やがて陽が落ち風に湿り気が混じる頃、若い男と逃げもせず帰ってきた母は、タミエの話を聞くなり眉《まゆ》を顰《ひそ》めた。

「死人なら、それこそ口なしで如何様《いかよう》にも誤魔化せるが、生きとるかもしれん婆が相手か。いっそ死んどってくれた方がこっちとしてはええのぅ」

框《かまち》に腰を降ろすなり、胸元をはだけて団扇《うちわ》を使う。そうなのだ、タミエが自身の霊能力に確たる自信がないように、母も娘の力を信じ切っている訳ではない。だからこそ、商売と割り切って手堅くやっていけるのだ。

ふいに日本刀とはまた違う鋭い風の音がしたかと思うと、母の薄い胸にごく僅《わず》かな血が滲《にじ》んだ。母は小さく舌打ちし、団扇でそこを叩《たた》いた。蚊ほどの力もない妖《あや》かしの気配は、それきり消えた。この女を切り付けられる者などあの世にもこの世にもいない。

「それにしても、なかなかええ男じゃったな。あねえな息子ができたら、その姑も嬉《うれ》しかったろうに」

野卑すれすれの艶《あで》やかな笑いを、タミエの母は浮かべる。まだ帰らない父は、いつも背後にその笑いを浮かべられて生きてきた。小商いに失敗する度、母に激しく詰《なじ》られたり見離されたりしたことはないが、いつ逃げられるのだろうかと、父は期待半分恐れ半分にその酷薄で艶やかな笑いを待っている。

ではあの相田は、何をあれほどまでに期待し恐れているのだろう。やはり、常に背後に愛しくて怖いものがいたのか。

「店構えも立派なし、その珈琲液とやらも良う売れよるな。使用人は皆ちゃんと躾《しつけ》られとるけん、『女将《おかみ》さんは入院されとって』としか言わんわ」

珈琲液を一口含んだだけで、もうええわと思い切り顔をしかめた父は、今は縁側で物憂げに団扇を使っている。生温い風に血を吸う虫が寄ってくる。虫にしてみれば、小狡《こずる》い親爺《おやじ》の血も無垢《むく》な赤子の血も同じ味だろう。

「婿《むこ》は評判ええらしいな。嫁は子供じみたおなごらしいが、夫婦仲はそんなに悪うはないようじゃで。赤ん坊も生まれたばかしじゃてな」

父は痩《や》せた肩越しに振り向いた。不意に口元が歪む。

「その居らんようになった女将は歳よりうんと若う見える、色気のある年増じゃそうじゃが、噂になっとるような男は居らんようじゃ」

それこそ父も若い頃はなかなかの美男と称されたらしいが、今ではその美の残滓《ざんし》だけが皺《しわ》として刻まれている。相田の姑もこんななのかと、タミエは骨張った父の手に握られた団扇の動きを見つめた。美しい容貌《ようぼう》の衰えは、凡庸な容貌の衰えよりずっと小気味よい。元々悪い奴は墜ちる場所もたかが知れているが、善良なる者の墜ちる場所は途方も無い暗渠《あんきょ》のようなものだ。

「こそっと中庭を覗《のぞ》いちゃったら、ハイカラな西洋風の花壇が庭にあってな、名前のわからん白え花が咲いとった。なんやら陰気臭い花じゃったのお」

なぜかタミエの網膜には、その名も知らぬ西洋の白い花が揺れた。その重なり合う薄い花弁はたちまち女と女の顔に変容する。タミエはその映像を焼き付けた。

「じゃが、あの花壇は何べんか掘り返してからまた土を盛っとるな。花はみな枯れかけとったけんな」

それもまた、厭《いや》な重さのある映像として焼き付けられる。脆《もろ》い羽の透けた蝶《ちょう》の死骸《しがい》が、あたかもその花の花弁のように降り注ぐ様も見えた。何度も掘り返した跡があるのはなぜか。タミエは意識を集める。だが、土の下までは見通せない。

タミエは「仕事をする」とだけ告げ、母に珈琲液を持ってきてくれるよう頼んだ。最も厭な場所であり、最も落ち着ける自分の場所に鎮座した。

しかしこの飲み物はなぜこれほどに真っ黒なのだ。西洋人はこんな真っ黒なものを喜んで飲むのか。母は無言で台所に立ち、一升壜と茶碗を下げて奥の部屋に持ってきてくれた。客はいないのだから、紫の被布はいらない。簡素に結いあげた髪の後れ毛をかきあげ、タミエは座り机の前に寄り掛かる。

まるでお神酒《みき》のように、珈琲液を茶碗に注ぐ。梅雨明け直後の気配を含んだ大気は湿っぽく生臭い。それでもタミエはきっちり襖を閉めた。かすかな笑い声は妖かしのものではなく、縁側にいる父母なのだった。不幸せでも、人は笑う。いい死に方をしなくても、執着しない者はすぐに成仏してゆく。

珈琲液を飲み、タミエは黙禱《もくとう》する。すでに相田の姑《しゅうとめ》を生者ではなく死者として呼び出すつもりだ。やがて座り机の向かい側に、幻影と呼ぶには鮮やかすぎる像が焦点を結んだ。庭先に佇《たたず》んでいた時は淡い影だけだったが、ここに呼んだ影は濃い。燻《いぶ》し銀色の上等な着物に、まるで娘のように帯を高い位置に結んだ年増女だ。美しい痩せ方をしていた。派手ではないが形良く結った髪に白いものはあまり目立たない。残念ながら、と言うべきだろう。やはり生霊ではなく死霊だった。

女は目の前のタミエになど視線は当てない。ただ、じっとタミエの膝元《ひざもと》にある一升壜を見ている。ゆらゆらと、手も触れぬのに黒い液体は波打った。タミエは黙って、その女の前に珈琲液を注いだ茶碗を置いてやる。女はそれにそっと手を伸ばす。だが、とうにこの世のものでない女はそれに触れることは叶《かな》わない。

「……ここが痛いんじゃわ。なんでか知らんけど」

くぐもった死者特有の声だった。女はふいに、自分の首に手を当てる。見る見るうちにそこの皮膚が変色した。見知らぬどこかの花の色だ。といって、美しいものではない。それはかなりの力で絞められた痕なのだった。

女の代わりに、タミエが珈琲液を飲んでやる。女の喉《のど》の痣《あざ》が、風の音を立てる。

「年寄りどもは苦い苦いて顔を顰《しか》めるけどな、わたしには美味《おい》しいわ」

タミエはこの女を誉めてやっているのだ。なにせ岡山でただ一店、東京××商会から珈琲液の販売契約を取り付けたのはこの女の力によるものなのだから。

「そりゃ、どうも。みなわたしを遣手《やりて》のなんのと言いますがの、わたしはただやりたいことをやって、やりとうないことをやらんだけじゃ」

女の着物を透かして、背後の古びた唐紙が透ける。だが女は肝心なことには答えない。ぼんやりと愛しそうに、一升壜の黒い液体を眺めるだけだ。

「それに今度の手柄はわたしじゃないんよ。尽力してくれたんは娘婿ですらぁ」

娘婿。そう言った口は確かに歪《ゆが》んだ。それを気取られまいとしてか、女はいきなり茶碗を薙《な》ぎ払う動作を取る。だが、その手も袖《そで》も茶碗を突き抜けるのみだ。風はそよとも吹かず、タミエの後れ毛も一筋たりと乱れはしない。

「あんた、とにかく一杯これを飲めるかな」

タミエは茶碗をさらに女の方に寄せる。茶碗の縁を口につければ、恐ろしい真実を証《あか》すはずだ。だから女は動かない。

「首が痛いんじゃ」

女は、愛らしいとさえ響く声をあげた。恨み事を告げる口調ではない。

「痛いというより、そうじゃな、心許《こころもと》ない、頼りない感じじゃ」

皺はあるが充分に艶もある女の首には、男の指の跡がくっきりとついているのだった。その手は形のいいきれいな手だとわかる。タミエは間違いなくその手の持ち主にも会っていた。あれほど美しかったのも道理、力仕事は女の首を絞めただけだったのだ。

「それは、娘婿に絞められたんじゃろ」

開かない左目で、その痕をなぞる。それからタミエはそっと茶碗を持ち上げ、女の唇に縁をあてがってやった。女の唇は、その縁を撫《な》でた。その歯は茶碗の縁をそっと嚙《か》み、タミエは自分が嚙まれたほどに身を竦《すく》めた。相田の触感を追想する。相田もこの唇と歯を知っている。

「そうじゃな。ただ一度の過ちにしときゃあよかったんじゃ」

珈琲液が香り、女は真実を語る。そうして女は珈琲液を一口含んだ。

「何度も何度も繰り返したからのぅ。孫までできたのにのぅ。わたしは婆じゃなしに、女じゃった。あれも父親じゃなしに、男じゃった。娘だけが娘じゃ……」

つうっ、と珈琲液は滴り、燻し銀色の着物の衿に古い血の染みをつけた。その染みは濃い匂いを漂わせ、タミエの口腔《こうこう》に苦みが広がる。

「その娘婿はな、あんたがこのまま成仏してくれるんか、自分はこのまま知らん顔で珈琲液を売り続けとってもええもんかどうか、気にしとるんじゃ」

苦みとともに吐き出すタミエの問いを、女は聞かなかったふりをした。

「ああ、美味しい。特約を取り付けてよかったなぁ。相田の店は繁盛するじゃろ。わたしが居らんでも死んだ主人が居らんでも、あの娘婿が居るけんな……」

タミエは茶碗を離して、畳に置く。さっきまで仄白《ほのじろ》く艶やかだった女の顔はどす黒く鬱血《うっけつ》し、腫《は》れていた。眼球だけが丸々と盛り上がり、血管の浮いた赤い目ははっきりとタミエを捉えている。怯《ひる》んではならぬと、タミエは膝の上で拳を握る。

ふいに、強い風が吹き込んできた。襖も障子も閉めてあるのに、茶碗が転がった。どす黒い血の色が畳に吸われていく。

「今度、婿さんがここに来たら話をしてやってくれるかな」

膨張した舌の先が、子供のあかんべえのように愛敬《あいきょう》ある形で突き出している。形のよい鼻の穴から流れる鼻血とこぼれた珈琲液の色は同じだった。

「あんたは娘婿から離れん気じゃ。それでええ。わたしも追っ払うだけが仕事じゃないけんな。何が何でも極楽に行かしちゃりたいとも思わん」

死者がすべて極楽を望んでいるわけではないのだ。地獄を希望する者もいる。生者もそうだ。

「なぁ、こないだ庭先に居ったのもあんたじゃろ。今度はここに出てきて、婿さんに会うたってつかあさい。あんたも……会いたかろう」

白い花弁が、古い唐紙の模様となって咲き乱れた。珈琲液の匂いではない、明らかな腐敗臭。白い花弁は女の喉元にも吹き付ける。

「……わたしはどこにも行きはせん。中庭の花に埋もれて、ずっと居る」

やがて女はさらさらと咲き溢《あふ》れ、消え失せた。部屋の中は薄暗くとも、外には壮絶な青さの天空が広がっているはずだ。障子紙を通して、日当たりの悪いこの部屋にも、燦々《さんさん》と陽射しが降り注ぐかのようだ。だが、廃墟《はいきょ》となった部屋のあちら側にあるのは、失われた情愛にも似た壊れた虹や破れた積乱雲だ。

陽射しが陰ればそこはいつものタミエの暗い部屋に戻り、疲れ果てたタミエだけが残された。一升壜《びん》を持ち上げ、転がった茶碗を拾って再び注ぐ。それを仏壇に供えた。しかしどうしても手を合わせることはできないのだった。

ふらつきながら襖《ふすま》を開け、タミエは台所に向かった。珈琲液ではなくただの水を飲みたい。水瓶の杓《ひしゃく》を手にし、ふと縁側を見やる。母が父を扇いでやっている。互いに殺すほどには相手に情のない二人は、今し方奥の部屋に異様な来客があったことなど何も知らぬげに寄り添っていた。軒先の侘《わび》しい風鈴が、その二人の頭上で軽い音を立てている。蟬の死骸《しがい》と脱け殻の落ちた庭もまた、侘しい土色に乾いていた。

庭先に女の死霊が立つこともなく、宮一の死霊に日本刀で左目を切り付けられることもなく、相田との約束の日時はきた。今日も何やら商人達の集まりに出かけており、母も買物をしてくると言い残していなくなった。

竈《かまど》の横の一升壜の中身は減っていない。腐りはしないかと心配だが、飲むのも躊躇《ためら》われる。味が嫌なのではなく、嫌な映像を見せられるからだ。

相田はこの前と変わりなく、白い手と涼しげな目元と張り詰めた空気とともに訪れた。だが、その腕の中にいたものにはタミエも驚いた。

「……散歩じゃというて連れ出した。別嬪《べっぴん》じゃろう」

赤ん坊だったのだ。まだ小さすぎるからか、商家で育ち見知らぬ人間に慣れているからか、タミエが覗《のぞ》きこんでも泣きはしない。赤い花柄の産着が肌の白さを際立たせている。

「まだ、目はよう見えんのじゃろう」

黒目がちのこの目は何を見たのか。これから何を見ていくのか。見なくていいものと見なくてはならないものを区別できるのだろうか。

「そいでも、父親はわかるんじゃろう。暗闇の中でも、わしの顔はじぃっと見ようる」

赤ん坊を抱いた相田を、奥の部屋に通した。どういうつもりでいるのか。恐ろしい悪霊が出てくるかもしれぬ場所に、大事な娘を連れてくるなどとは。

「……ここは、熱いんよ」

誰が喋《しゃべ》ったのか。初め、相田にはもちろんタミエにもわからなかった。わかった瞬間、タミエの髪は逆立った。

「……地獄に堕ちたからじゃろぅか」

相田は両腕を硬直させている。開いた目が閉じられないでいる。そう。喋っているのは赤ん坊だ。だが、生後間もない赤ん坊が老いた女の声色を使って悪ふざけなどするだろうか。季節外れの木枯らしの音は、相田の喉から漏れたものだった。

「ほぉら、足の裏がこんな焼け爛《ただ》れとる……」

うっとりとした口調で地獄を語った後、赤ん坊は実に柔らかく笑った。

「やめてくれ」

その赤ん坊を放り出せないまま、相田は声を絞った。

「わしに惚《ほ》れとる目をせんといてくれ」

ふいにタミエは、珈琲液ではない焦げた臭いを嗅《か》いだ。相田の足の裏だ。地獄の業火に焼かれている足の裏が、真っ黒に焦げている。燻《くすぶ》りながら肉の焼ける悪臭を吹き上げている。だが、相田に苦痛の色はない。

「ほんまに、ほんまに熱いのぅ」

安らかに寝入る娘を抱いて、相田もまた静かな眼差しを注いでいるのだった。義理の母と息子で契った罪人は、珈琲液より黒い場所で再会を待っている。なぜならその腕の中の娘の柔らかな足の裏からも、肉の焦げる匂いがするからだ。

「もう、よろしいのかな」

姑と話したいという望みは、タミエの努力なしに叶《かな》った訳だ。小さな霊媒の身体と口を借りて。青ざめる相田の首筋に、白く小さな花弁が貼りついていた。陰気な中庭に咲く花の色だ。おそらく、老いて艶《あで》やかな女を埋めた花壇に咲いている花なのだ。

「ああ、よろしいよ。警察には、こっちから出向きますわ」

捕まりたかったのだ。罪を曝《さら》け出したかったのだ。殺した姑にタミエのもとで、「恨んでないよ」と優しく囁《ささや》いてもらえさえすれば、自首する覚悟はできていたのだ。

そうして獄で罪を償えば、あとは甘美な地獄に堕ちられる。

その朝、縁側に置かれたいつもの山陽新報は、持ち上げた途端に血が滴った。無論それは幻なのだが、タミエの手はしばらく本当に血腥《ちなまぐさ》かった。

そういえばあの男の手は美しかったと、タミエは新聞を捲《めく》る。惚れた女を絞めた手だから、あんなに白かったのだ。

《義母殺害を自供は評判の孝行息子》《茫然《ぼうぜん》自失の妻と哀れなる幼子》《不義密通の無残な果て》……おどろおどろしくも派手な記事になっていた。

「飲みつけてみりゃあ、なかなか美味《うま》いもんなのにのぅ」

決して殺しも殺されもしない夫婦は、さほど事件に興味も示さず、ただ珈琲液を酌み交わしている。父もいつのまにやら岡山清涼珈琲液を愛飲するようになっていた。

しかしその売っている相田商店の騒ぎには加わる気はない。すでに過分な礼金は受けているので、もう後は依頼客がどうなろうと知ったことではないのだ。一々とらわれていては、それこそ死霊も生霊も手際よく捌《さば》けない。

血腥い事件の記事の下にも、あの広告は載っている。

《明治四十二年夏　岡山一番のハイカラは東京××商会製造の清涼珈琲液　当地東中島の相田商店にてその特約販売を為すと……》

《岡山清涼珈琲液》と新聞の広告文を読みあげれば、再び舌に苦みはよみがえる。

《盛夏飲用には最適なる清涼珈琲液は冷やせば一層美味《さいな》なるよしにて……》

あの男は何が許せず何を恐れたのか。罪の意識に苛まれて殺したか、何か言い争いになって思い余ったか、嫁に告げられるのが怖かったのか。それらのことは、皆がてんでに好き勝手な憶測をしている。タミエは何も語らず、次の客と死者を待つだけだ。

「宮一さん、そこに居る？」

再び一人で、昼なお薄暗い奥の部屋に入ったタミエは、珈琲液の茶碗を畳に置く。左目の彼方で、日本刀が振り降ろされる音はない。タミエを殺しはしなかったが殺しかけた男は、呼び掛けても現れない。

膝《ひざ》を崩して座ると、タミエは一人でその苦みを味わう。煤《すす》けた唐紙を透かして、真夏の青空が見えた。壮絶な青さだ。地獄と地続きとは思えぬ鮮やかさだ。だが徐々にその色は褪《あ》せ、再び暗く湿った六畳間に戻る。茶碗の中の珈琲液には、なぜか白い花弁が一ひら浮いていた。

見覚えのある岡山県警の刑事が二人訪ねてきたのは、油照りの午後だった。庭の土は乾ききり、痩《や》せた蜻蛉《とんぼ》の死骸がきらきらと照っていた。

「突然ですまんがの。少々聞きたいことがあるんじゃ」

鈍重なのに抜け目のない初老の刑事と、軽薄なのに妙なふてぶてしさのある若い刑事だ。まったく外見は違うのに、二人で一人のような喋り方をする。

「また、あんたかな」

不躾《ぶしつけ》に初老の方が言った。以前もタミエは、人を殺した女をここに招いて降霊術を施していたことがあり、直接関わりはなかったものの、すっかり要注意人物にされてしまっているのだ。

「……前とおんなじじゃ。殺した方の男が、ここに来とったじゃろ。ちょっとその話を聞かせてもらえんかの」

タミエはつっと立ち上がり、土間に降りた。背後で刑事達が緊張しているのがわかる。

「刑事さんら、もうこれ飲まれましたんかな」

昨日、母が買ってきた岡山清涼珈琲液だ。あれほどの事件の後だというのに、突然に母親以上の気丈な女主人に変貌《へんぼう》した相田商店の娘が売ってくれたそうだ。

「背中に赤ん坊を括《くく》りつけとったで。いや、驚いた」

主人が拘束された後も、新聞記者や野次馬に少しも臆《おく》することなく、堂々と自分で店を開けて商いをしたという。遂に娘の方から母を見限り、独り立ちできたのだ。その堂々ぶりは既に評判となっていた。それこそ新聞広告より宣伝になるだろう。

「明治四十二年、岡山の一番のハイカラはこれじゃで」

茶碗をそれぞれの刑事の前に置くと、一升壜から濃い色と匂いの液体を注いだ。

「……あの相田の御主人は、『この岡山清涼珈琲液は売れるじゃろか』と相談に来られただけですらぁ」

無論、海千山千の刑事達がはぁ左様ですかと大人しく飲んで帰るはずはない。

「いや、それだけじゃあなかろう」

じっとタミエの手元と茶碗の中を凝視しながら、低く言う。しかし二人は素直に茶碗を持ち上げ、一口は含んだ。

「妙な味じゃの」

「いんや、美味い気もしますらぁ」

前にもさんざん、「妾商売《めかけ》から霊媒師に鞍替《くらが》えか」「どっちも許可も資格もなしに始められるけんのぅ」と侮蔑《ぶべつ》の視線は向けられたが、流行《はや》りものに素直に感嘆する姿は善良な岡山の普通の男だ。

しかし飲んでしまえば、またしても嫌な奴らに戻る。タミエはまだ自分の茶碗には口をつけず、刑事等の口元を見つめた。

「あんた、警察より先に知ったいうことはないんか」

「あの相田が、姑を殺したということは、霊能力じゃか何じゃか知らんが、見当はつかんかったんか」

左目の痛みは、そちら側に何者かが現れたからだ。あの姑の死霊でもなければ、相田の生霊などでもない。懐かしい男だ。宮一だ。だからタミエはそっと、そちらの方に茶碗を置き直す。そういえば宮一は、岡山清涼珈琲液を知る前に死んだ。もし生きていれば、これを商売にしようと考えただろうか。

「相田さんは、どういうふうに言うとられますの？」

以前のように、ひたすらおどおどと官憲に怯《おび》えたりはしない。この者達より早く、自分は明治四十二年の岡山一のハイカラに触れたのだから。

「今、ちょっとばかし不安定になっとるからな。訳のわからんことも言う」

年嵩《としかさ》の刑事の後を受け、若い刑事は口元の珈琲液をそっと拭《ぬぐ》った。

「……前は嫁と姑が一体になる幻に怯えた」

そうなのだ。意識しているのかどうか、この若い方の刑事は、時々タミエ以上の

「口寄せ」をする。相田の口調そのままに喋ったりできるのだ。

「今は赤ん坊の顔が姑に思えて思えて仕方がない……とな」

閨《ねや》で嫁の顔が姑に見えるのと、どっちが辛い。無論そんな疑念は口にはしない。タミエは俯《うつむ》いたまま、ふと視線をすべらせた。傍らの茶碗の中がいつのまにか空になっている。首筋に、珈琲液の匂いがする吐息がかかる。

あの姑と娘婿の堕ちた地獄と、宮一の堕ちた地獄と、自分が堕ちるはずの地獄はどこも違う。なのにそれはあたかもすべて同じ場所であるように呼ばれる。ただ、地獄と。

地獄はもっと豊かで広い。誰もがそれぞれに堕ちたい地獄があるのだとわかれば、死者も生者も心安らかに日を送れる。ただ、そうなるとまたタミエは商売上がったりだ。

「何を笑うとるんじゃ」

年嵩の刑事の方が不機嫌な声を出し、タミエは口元を結ぶ。ふと鼻先に無垢《むく》な赤ん坊の匂いを嗅いだ。それにしても……赤ん坊は皆、極楽から生まれてくると教えてくれたのはどこの誰だったのか。どうしても、それだけが思い出せない——。

岡山美人絵端書《えはがき》

「風だきゃあ、借りゅうせん」

風だけは、借りをしない――。

ふと呟《つぶや》いたはずの独り言なのに、父の声と母の声は揃っていた。ただ、父は陽気に節をつけ、母は忌々しげに舌打ちをした。仲睦《なかむつ》まじく寄り添っている夫婦ではないのだ。いつも違うところを向いている二人だ。なのに季節の風や雨は同じに受けている。

それにしても、まったくもって容赦のない風の吹く日であった。あまりに強い風の音は死者の声をも消してしまい、タミエは難儀する。

岡山市外れの川岸沿いにへばりつくように建つ粗末なこの借家は、昨日の昼から派手に悲鳴のような軋《きし》み音をあげている。ただでさえ建て付けの悪い戸口は夜盗が襲ってきたかというほど鳴るし、狭い庭に面した縁側の雨戸は昼間でも閉めておかねばどうしようもなかった。うっかり障子だけにしようものなら、これまたただでさえ破れ目だらけの粗悪な障子はたちまち吹き飛ぶに違いないからだ。

低い縁側の下に、親子三人のちびた下駄が吹き寄せられて重なっていた。当の親子三人はその下駄ほどには寄り添わず、二間しかない煤《すす》けた家の中で侘《わび》しい昼飯を食べていた。不機嫌に茄子《なす》の漬物を噛《か》む母に、父は渋茶を啜《すす》りながらどこか媚《こ》びた眼差しを向ける。

「上客を運んできてくれる風かもしれんじゃろうが」

その視線が娘のタミエに向けられる時、媚びは抜ける。そもそもその上客とやらを相手にするのはタミエなのに。すでに霊媒師としてなかなか優秀であるとの噂は立っているが、それは元を辿《たど》ればタミエの父と母の口から出ている。なぜ商売に失敗ばかりしたのかと不思議なほど、二人とも口はうまかった。

「あの娘は、生きた者より死んだ者と親しゅうできるらしいで」

いつのまにかそんなふうに決め付けられた。それは半ば正しく、半ば間違っている。生きた者とて恋しいし、死んでいるからといって、あの宮一は思い通りにはならぬ。

タミエの左目を奪って遠くに去った宮一は、時折あの不吉な日本刀の音を立てながら背後に立つ。呼びもしないのに来る死霊に、当たり前だが優しげな者はいない。死者はいつも死の色をその空洞の眼窩《がんか》に湛《たた》え、土色の顔で佇《たたず》んでいる。

殊にこのような風の日は……と、タミエは閉めていても首筋をなぶる風の行方を追う。光を失った左目に、なぜか風の行方だけは映るのだ。西方。死者の棲《す》む方角に、この風は誘われている。タミエもふと、呟いた。

「風だきゃあ、借りゅうせん」

途端に、茶碗を持つ左手を風ではない何かに撫《な》でられた。続けて、父でも母でもない者の囁《ささや》きが耳朶《じだ》を震わせた。

「……そうじゃろか」

——死者だ。風のせいか、どこか懐かしい血の匂いが纏《まつ》わった。

雨の量と風の量は違う。そんな言い回しがあるのは岡山だけなのだろうか。つまり雨はその年によって降ったり降らなかったりだから、「今年はよう降る」といっても来年のことはわからないのだ。やはりよく降るかもしれぬし、まったく降らないかもしれない。まったくもって天の気まぐれだ。

だが風は違う。風はあらかじめ吹く量が決められていて、吹くべき月に吹かねばいつか帳尻《ちょうじり》を合わせるために吹き荒れるという。

今年は春に風が大人しすぎた。桜の花弁が朽ちるまで枝を離れぬのを見て、皆「いずれ戻しが来るじゃろう」と恐れたのだ。恐れた通り今、タミエの家だけでなく岡山中であの「風だきゃあ、借りゅうせん」という嘆き文句が飛びかっていた。

ただし「風が上客を運んでくる」などといった言い回しは、岡山にはない。さっき父と母が作った戯言《ざれごと》にすぎぬ。

だが、この仲睦まじいのだか利害だけで結束しているのだかわからぬ夫婦は、霊能力を売り物にしている娘のタミエを遥《はる》かに凌《しの》ぐ的中率で、先のことやら未知のことやらを言い当てるのだった。

本当に近々、上客が来るかもしれぬ。この場合の上客は親にとっては金になる客だが、タミエにとってはより一層恐ろしい因縁と死者を背負う客なのだ。

「こねえな風の日にどこへ行くんじゃ」

庭先に立つタミエの背後から、母の声が飛んだ。寒がりの母だが、まだ袷《あわせ》の季節ではないと派手な縞柄の単衣《ひとえ》を着て鳥肌を立てている。そんな母だから、早々に厚く野暮ったい袷を着込んだ娘が平然と外出しようとすれば眉《まゆ》を顰《ひそ》めるのだ。

母は若い頃から「こしらえ映えがする」と評判だった。つまり晴れ着の似合う垢抜《あかぬ》けた女と誉められていた訳だ。母は常に装えると踏んで当時はそこそこ羽振りのよかった父を選んだようだが、晴れ着は質屋に入りっぱなしという生活を強いられた。それで余計に着物に執心するのだ。無論、もう色香では売れなくなった娘の地味な着物に、忌々しさだけでなく哀れさも感じてはいる。

「……すぐ帰ってくるけん。駅裏の店じゃ」

堅く閉じられ縫われた左の瞼《まぶた》にも、秋の初めの風は冷たい。タミエは紫の被布をしっかりと被《かぶ》り直した。無残な傷痕を残す左目を隠す意味もあるが、霊媒師という生業《なりわい》の演出にも一役買っている。

左目を失ったばかりの頃は、距離感がうまくつかめず歩くのが恐ろしかったことと、かつては道を歩けば男の目を引いていた自分を思い返して惨めになるため、滅多なことでは外出をしなかった。

だが、最近はひょいと被布を被って平気で買物だのに出歩く。片目のない道行きに慣れたこともあるが、ある種の開き直りを得たこともある。何をしても人は陰口を叩《たた》くものだ。霊能力者として生計を立てるようになるまでは、いわゆる妾《めかけ》、囲われ者をしていたタミエだからそこのところは身に染みている。

「そうか。ちょっと待っとり」

駅裏の店。それだけで母には、「船来雑貨熊太《くまた》商会」とわかったようだ。ちらりとタミエの被布の上から左目の辺りを見やり、かすかに鼻を鳴らしただけで踵《きびす》を返した。こしらえ映えする女も踵《かかと》のひびは隠せない。

十五になるかならずかで妾奉公に出し、囲われた男に左目を傷つけられ容貌《ようぼう》では売り物にならなくなってからは、半ば詐欺のような霊媒師をさせて生計を立てる母だが、やはり情はある。無愛想にだが、塵紙《ちりがみ》に包んだ金を箪笥《たんす》から出してきた。

無論、元は私の稼ぎじゃ、とはタミエも答えはしない。軽く押し戴《いただ》く動作をしてから、下駄を突っ掛けた。乾いた道の砂塵《さじん》に、開いた右目も痛んだ。

――砂塵は開いた右目をも塞《ふさ》ぐ。だが軒先の低い商店通りに入り込めば、多少の風よけにはなった。目当ての「舶来雑貨熊太商会」は開放的な硝子戸《ガラスど》のため、往来から中の客の姿がよく見える。

「舶来雑貨」とは看板だけで、陶器の小さな西洋人形や洋傘が硝子囲いの中に申し訳程度に置いてある他は、普通に簪《かんざし》や手鏡といった小間物を売る店なのだが、常に若い女で賑《にぎ》わっていた。脂粉の匂いはせせこましい店内に染みついている。

そこの主人も、「あれも舶来じゃねえんか」と揶揄《やゆ》されるほど彫りの深い威厳のある白髪の老人で、田舎には珍しく品の良い素っ気なさで接客をしてくれる。だからタミエも時々覗《のぞ》きに行くのだ。無論、美しい物を見るのも楽しみだ。

だがここのところその店には、ちょっとした異変が起こっていた。詰襟の関西中学、関谷中学、三高や六高の学生がいつもいるのだ。そのため店内は脂粉の匂いより彼らの発する脂臭さの方が勝っていた。往来から覗いただけで黒っぽい。

かつてはそれらの学生から付文《つけぶみ》などもらったこともあるが、今では被布越しにちらりと眺められ、おや意外に若いというような顔をされるだけだ。当初はそれだけで死にたいような気にさせられたが、もう慣れた。一々気にしていてはそれこそ表を歩けぬ。

そんな彼らは、今大流行の「美人絵端書《えはがき》」を求めに来ているのだった。

「美人絵端書」。その名の通り、美しい女の姿を刷り込んだ端書だ。美麗に手彩色された女の肖像は、そもそも来日する外国人の土産物として発行されたものだが、このような片田舎でも買い求め集める者が増えていた。得意客は小遣いを持っている学生だ。

その熱は地元新聞が苦々しく「これがため悪しき心を起こし、婦女子を誘惑せんとする者あり。美人絵端書は多くの学生を良からぬ挙動に誘い込むものなり」などと書き立てても治まりそうになかった。

揃いの花簪と半衿《はんえり》の、仄白《ほのじろ》いよく似た顔で寄り添う姉妹。首飾りと指輪をつけた洋装のハイカラ美人。おこそ頭巾《ずきん》で羽子板を持つ、いかにも西洋人向けの演出で撮られた年増。西洋人の客を意識したものは着物姿、日本人向けには洋装をさせたものが多い。そこに各写真館で彩色をほどこしてあるのだが、その彩色の美しさよりもやはり女の容貌にまず目がいくようだ。

一番目立つ通りに面した飾り窓には、奇術的写真とか戯謔《ぎぎやく》写真と呼ばれる凝った写真が飾られてあった。つまり張りぼての鶴に乗った芸妓《げいぎ》があたかも空を飛んでいるように写してあったり、天女の扮装をした美人がやはり作り物の巨大な雲に腰掛けていたりする合成写真だ。それらは東京でも名の知れた芸妓だという。豪奢《ごうしゃ》な写真館と最新の設備がなければこんな写真は撮れない。岡山では無理だ。

学生達もそのような凝った高価なものではなく、もっと手軽な美人を求めている。

「ほんまもんの令嬢だの令夫人だのが、そねえな写真を撮らせる訳はなかろうが。そりゃ皆、芸妓が扮装しとるんじゃで」

教師や年寄りや新聞がいくら貶《けな》してもどうにもならない。そもそも彼らとて子供ではないのだから、そのようなことは百も承知だ。

「芸妓じゃ言うても、東京のオナゴはやっぱり別嬪《べっぴん》揃いじゃのぅ」

「そりゃあ煤けた岡山の女とは違うで」

わざと周りの女学生の眉を顰めさせる大声を出す学生もいるが、大抵はそそくさと何気ない顔をして、それでも素早く好みの美人を選んでは買っていく。

台紙に並べられた美人の絵端書を視線でなぞっていると、タミエの胸にも風が吹く。両目の揃った美人と己れを比べて切なくなるのではない。

あれがあっては困る。

いや、あれがこんな所に並べられているはずはない、いや、もしかしたら店の奥に隠されているかもしれぬ……と、痛痒《いたがゆ》い思いでそわそわとしてしまう。恐れているのか。それは当然恐れている。だが、心のどこかにあれを見たい気持ちも残っている。

ふいに被布がめくれた。死者の手ではない。乱暴に硝子戸を開けて入ってきた客のために、突風が吹き込んだのだ。何かの重い塊のように店内に押し入った風は、陳列台に出してあった絵端書をたちまち巻き上げ、散らかした。店主が慌てて掻《か》き集めようとする。その時ちりりと、タミエの左目の奥が痛んだ。

「いやぁ、すまんです」

強風とともに入ってきたのは、詰襟ではないが学生風の男であった。絣《かすり》の着物は糊《のり》もきいており、刈り込んだ衿足も清潔な感じだ。その男は恐縮した様子で、土間に落ちた絵端書を拾い集めた。そうして陳列台の硝子板に載せながら、皆に軽く頭を下げた。どこかに子供子供したところが残っているのに、何か世のすべてに疲れた感じも受けた。そうしてその男はふとタミエに視線を向けたのだ。少し目を細め、まじまじと凝視された。刹那《せつな》、左目が疼《うず》いた。

彼の背後には女がいた。輪郭は白く透き通るのに、空洞の眼窩《がんか》と口だけが真っ黒だ。女はしばらくその目と口で笑ってから消え失せた。

その女に気付いたのはタミエ以外にはいない。戸口をしっかりと閉めて片付けが済めばまた、店内はいつもの賑わいを取り戻す。タミエは鳥肌を立てたまま店を出た。一度だけ振り返れば、店の中にまだいたあの男と目が合った。

どこか崩れた匂いはするが、美しいものには敏感そうな雰囲気もあった。醜いものも美しいものも、ちゃんと見てきた目をしていた。だから背後にあのようなものを連れているのだ。

あの女は来る。きっと。

あの男は、ではなく、女は、とタミエは呟《つぶや》いた。風と同じだ。あの手の女は必ずや恐ろしいものを取り立てにやってくる——。

――思い返せばあれは確かに風のない、気怠《けだる》い夏の終わりだった。

タミエの両目はともにあり、宮一の菓子製造は順調で、市内の一等地に二階建てを貸し与えられていた。どんなに風が吹こうとも、その家は軋《きし》むことはなかった。

父は相変わらず詐欺と紙一重の色々な小商いに精を出し、母は呉服屋に入り浸り、タミエは旦那《だんな》になったばかりの宮一に連れ歩かされていた。父と同い歳だった宮一は豪放磊落《らいらく》を絵に描いたようで、タミエはただその手に引かれてさえいればよかったのだ。

その後、ただ一度の商売の躓《つまず》きでタミエに切りかかり自害して果てる男とは、予測などつくはずもなかった。何せタミエはまだ十七、八の小娘だったのだ。栄町《さかえちょう》の勧商場裏に、当時としては最新のビヤホールが出来、さっそく宮一と麦酒《ビール》と洋食を飲食しに行った。

その年、ビヤホールとともに最新流行のハイカラとされたのが写真撮影だった。重い写真機を担いで児島《こじま》の瑜伽《ゆが》山に登山して撮影するのも流行《はや》ったが、続けて何軒か開業した岡山の写真館で畏《かしこ》まって記念撮影をする金持ちも増えていた。

だからタミエが宮一に「写真館で写真を撮ろうや」と言われた時、当然ながら一番いい着物を着て西洋の綺麗《きれい》な椅子にもたれ掛かるか、花を飾った肘掛台《ひじかけだい》に寄り掛かる格好で撮ってもらえるとばかり思ったのだ。

ところがその写真館に予約を取って行ってみれば、何が何だかわからぬうちに着物を脱がされ、腰巻きも襦袢《じゅばん》も取った姿で、つまりは裸の写真を撮られてしまったのだ。

厳しい顔つきの写真館主人と宮一との間では、とうに話はついているようだった。

行ってみて初めて事の次第を知らされたタミエであったが、泣き喚くことも逃げ出すこともできはしなかった。一家の生活費が宮一にかかっていたことも当然あるが、何よりも初めての写真館と写真機が恐ろしかった。言いなりになることが最も楽だったのだ。

主人が始終厳しい顔をしていたことと、暗幕にすべてを遮断されていたことと、訳のわからぬ西洋の絡繰箱《からくりばこ》めいた写真機に重量感があったこと。それらがタミエを縛りつけもしたし、救ってもくれた。恥ずかしいだの悔しいだのより、早く済めばそれだけでいいとしか思えなかったからだ。

「誰にも見せりゃあせん」

書き割りの前に棒立ちになるタミエに、宮一は猫撫《ねこな》で声で囁《ささや》いたのだ。

「わしが墓まで持って行くけん」

木の床がひんやりと冷たかった。背景の屏風《びょうぶ》には松と鶴とが描かれていた。飾り台は西洋の乳白色の石でできていた。タミエは床に寝そべり、屏風の前に立ち、飾り台に寄り添って写真を写されたのだ。ばさり、とまさに首を切り落とされるような音がして、確かにあの時自分は命を相当削られたと信じている。

だから、今度はいい着物を着た記念写真を撮ろうと誘われても、何だかんだと理由をつけては断っていたのだ。だから今のところタミエの写真は、人前では見せられないあの裸の写真だけということになる。

宮一の死後、その写真がどうなったかはわからない。深く顔を切り付けられ、半死半生だったタミエは写真の行方どころではなかったのだ。それに遺品はすべて本妻が処分していた。タミエには何も残してもらえなかったと親は憤ったが、考えてみればその後の生活の糧たる霊能力は遺品といえないか。

ならばもう、あんな写真は忘れようとタミエは努めた。何よりその後は次の食う算段に忙しく、いつまでも思い煩うこともできなかった。

だが、ここにきて絵端書の大流行だ。「美人絵端書」という呼び名を耳や目にすれば、どうしてもあの写真館や撮影の情景を思い出す。

出来上がった写真は一度だけ見た。稚さだけが強調された裸体写真は、死んだ自分を見せられるような奇怪な感じを受けた。

宮一は他にも女の裸の写真を何枚か持っていた。美しく手彩色されたそれらの中には、それこそ東京の名のある芸妓ではないかと思える美人もいた。その女はタミエと違い、自信ありげに大胆な西洋女のような格好をとっていた。

「ふん、若造りじゃが、娘じゃあなかろう。こりゃあ子供を産んだことのある体じゃ」

宮一が呟いたその言葉は、なぜか耳に長く残った。その女は撮影の間、何を思って笑顔を作れたのだろうかと、その姿形は長く目に焼き付いていた。品のいい小作りな瓜実顔《うりざねがお》なのに、どんな豪奢な着物を着ようと生々しい肉や肌の匂う女だった。

美人絵端書といえば、あの女も思い出す。あれはまさか絵端書にはできないだろう。どこかでひっそり、自分の写真とともに抱き合わされて仕舞い込まれているのだと想像してみれば、身近にその女の湿った肌を感じたりもするのだ。

まさか、こんな往来の明るい場所の「舶来雑貨熊太商会」の硝子《ガラス》陳列台に堂々と飾られるはずはないが、ひょっとして奥の簞笥《たんす》にでも隠してあるのではと気にはなる。霊能力があろうとなかろうと、自身の透視は難しい。

一頃の、家ごと吹き飛ばすような強風はおさまった。仕舞い込んでいた菊の鉢植えを並べ始めると、後ろの黒板塀に射す秋の陽は透き通る。路地裏を行き交う荷馬車の轍《わだち》は、ようやく落ち着いていた砂塵《さじん》をまた巻き上げる。そうして歩く人々も漂う死者達も異様に長く影を伸ばす。

さすがにもう給《あわせ》が欲しいと質請けに出掛けた母と、それこそ美人絵端書売りの商いを始めようかとまたぞろ商売気を出し始めた父と、ともに不在の昼日中のことだ。死者よりも先にその者は訪れた。

タミエは最初その者を、死者かと勘違いした。玄関とは名ばかりの薄暗い土間に立ち尽くすのは、それほどまでに白く薄く、わずかに骨張った線の細い青年であったのだ。顔立ちも体付きも、なぜかタミエの胸を痛ませた。覚えはないのに、ひどい仕打ちをして捨ててきたような罪悪感に締め付けられた。

……いや、覚えがないというのはひどい仕打ちだけだ。実はタミエは、その男に見覚えがあった。

先日「舶来雑貨熊太商会」で見かけた男だ。まさに風に吹かれて入ってきた、学生ふうのあの者だったのだ。

「あの店の主人に聞いてきたんですらぁ」

喋《しゃべ》り方も声も、見た目の印象そのままだった。

「あの御婦人はよう当たる霊媒師じゃと」

しかし、あの店の主人も何食わぬ顔でタミエの素性を知っていたというのも軽い驚きだが、この者もちゃんと自分を覚えていてくれたのだというのはなかなかに嬉《うれ》しく切なかった。もっとも、顔に特徴があるのと紫の被布が印象的というためだろうが。

「まあ、入りんさい」

今日は風とともに入っては来ないのだと、僅《わず》かにタミエは微笑んだ。何やら小脇に風呂敷包みを抱えて入ってきた男は、

「伊藤荘介《いとうそうすけ》と申します」

見立てをする部屋に招き入れると、きちんと正座をした。小脇の風呂敷包みも脇に

置いた。紺無地の着物はさほど高価なものではないが、清潔な感じを与えた。物憂い表情はもう生まれついてのもので、いつも暗い部屋にいたのだと思われた。

母が古道具屋で買い叩いてきた、虚仮威《こけおど》しのためだけの祭壇や神棚、蠟燭《ろうそく》立てや妖《あや》しげな掛け軸を前に、荘介はやや苦しげに、だがきちんとした口調で話を始めた。

しかしタミエは傍らの風呂敷包みに、言い様のない何かを感じていた。そこには死者よりも厄介な何かがある、と。大きな物ではない。ひょいと指先で摘めそうな軽い包みなのにだ。

「わしは……おかしげな癖があって」

薄い唇の端が少し震えていた。怯《おび》えているのではなく笑っている。

「しとうない話をする時のおまじないがあるんじゃ」

まじない。それはタミエのような生業の者だけのものではない。岡山には様々なまじないとその唱え文句がある。年寄りの依頼客の方が詳しいから、タミエは知らなくて恥ずかしくきまり悪い思いをすることもしばしばなのだ。

だが荘介の手が傍らの風呂敷包みに伸びたのを見て、タミエはため息をついた。このまじないは岡山伝承のものではない。この伊藤荘介だけのものだ。とすればその効力はこちらにも及ぶかもしれぬ。間違いなく、こちらの望まない形で。

開いた包みの中には、画材が入っていた。小筆と硝子壜《ガラスびん》に詰められた染料と硯《すずり》と。

小机にそれらを並べると、和紙に筆を下ろした。無風の家なのに筆先は震えた。息を潜《ひそ》めて見ていると、筆の先は滑るように動きだした。

迷いも躊躇《ためら》いもない線が一本引かれると、それだけでタミエにはわかった。

女だ。女を描こうとしている。それは荘介が激しく愛おしみ、激しく憎んでいるに違いない女なのだった。

紙の上を筆が滑る音以外、何も聞こえなかった。タミエも息をつめるようにして、筆の運びを見つめ続けていた。荘介は少し息苦しげに手の甲に筋を浮かせている。

……やがて描き終えた女の顔に、荘介は大きく×印をつけた。まるで切り裂くように。己れも痛みを分かつように。

「母親じゃ」

抑揚のない、押さえた声だった。タミエは、大きな×印に裂かれた女の顔に視線を落とす。それは実に巧い絵だった。下書きもせずこんな一息に描けるものなのか。彩色はしなくても唇の赤さはわかった。頬の艶《つや》もわかった。おそらく何万回も丹念に思い浮かべ、描いた顔なのだ。

何よりもこの女は目の前の男にそっくりだった。母親というのは真実だろう。目も鼻も唇もちんまりと小作りで、古い雛《ひな》のようだった。憎まれる理由も恋われる理由も伝わってくる。育ちが悪いのに高慢で、不実なのに蠱惑《こわく》的で、美しいのに悪い女だ。

「おらんように、なったんかな」

その女を失った空虚さはタミエにも伝わった。普段は、今一つ霊能力に自信がないため、こちらからは何も言わないことにしているのに、今日は口にしてしまった。

「そうですらあ。何度も戻っては来るんじゃが……」

荘介は少しも正座の膝《ひざ》を崩さない。まるで罰を受けるのが好きなようだ。どこかおどおどした気弱な態度は、何かこちらが虐《いじ》めているような気にさせられる。

「またしちゃあ、出ていってしまうんじゃ」

ふいに突風が吹いた。障子も戸口も閉め切ってあるのに、似顔絵の紙は突然に天井まで舞い上がった。死霊の悪戯《いたずら》ではない。荘介の気持ちの昂《たか》ぶりが起こした風だ。

染みだらけの低い天井板には、束《つか》の間《ま》女の顔が浮く。眼窩《がんか》と開けた口の中だけが真っ暗な女だ。どこかで出会った不幸せな女だ。

「わしは……ぼっけえ派手好きでだらしない女の子供じゃ」

やがて落ちてきた一枚の紙は、タミエの頰を掠《かす》めた。ごく浅い傷がつく。

「父親はわからん」

今十九で求職中だという荘介は、五歳の自分や十二歳の自分を呼び出すために虚空を見つめ、語り始めた。タミエはただ黙って聞いた。背後から女に押さえつけられ、首が痛かったためもあるのだが。

――荘介の語る女の話は、最初のうちはよそよそしい印象を受けた。それは長じてから周りの者に聞かされたいわば伝聞であるからで、荘介本人の記憶に残らないほどごく小さい頃の女を語っているからだ。

その女は岡山の田舎の村では評判の美人だった、という。美人にも身持ちの固いのは幾らでもいるが、女は美人が仇《あだ》の尻軽《しりがる》で浪費家だったようだ。あちこちで揉《も》め事を起こし借金も膨らんだため、夜逃げ同然に岡山市内に出てきたというのが、その頃の女を知る者みなが言うことだった。

何はともあれ、市内の料理屋で酌婦をするうちに知り合った小金持ちの放蕩《ほうとう》息子に気に入られ、身籠《みご》もった。ところが思惑は外れたんじゃな。と、当時の騒ぎを知る者はみな下卑た笑みを浮かべて嘲《あざけ》る。

男の家が女の身元を調べあげ、こんな女は到底家に入れる訳にはいかぬし、その腹の子も誰の子かわかったものではないと断じたことは、誰彼に言われずとも想像はついた。そうして女が、それでもその腹の子を楯《たて》に結婚を迫ったが、男の親はすぐに良家の娘との縁談をまとめたことも。

その時すでに誰の目にも腹の膨らみがわかるほどになっていた女は、仕方なく手切金と養育費だけを目当てに出産した。と、これは女自身が荘介に語った。

別れた男には少しも似ていない男児を産み、荘介と名付けたことも、女は他人事のように我が子たる荘介に告げたという。

その辺りから、荘介の母への気持ちの昂ぶりはタミエの胸をも痛ませた。思うほど金も取れなかったことと、根っから男好きでだらしない性分のために、母は次々に男を渡り歩いたと荘介は拳《こぶし》を握る。

荘介は常に放っておかれ、遊び相手もなかった。反古《ほご》の紙を拾ってはそこに日がな絵を描いて過ごした。それで別に淋《さび》しいとも感じずに済んだ。描くことが何よりも好きだったのだ。何かを描いてさえいれば、母のいない淋しさもひもじさも忘れられた。

そうしていったいどこの誰に似たものか、素人の目にも荘介は絵の素質があった。といって、美術学校に進ませるほどの余裕はない。母親も息子にはまるで無関心だ。絵が巧いことも、それで淋しさを紛らわせていることも気づこうとすらしなかった。

その頃、女は怪しげな商売にも加担し始めていた。瞬く間に広まった写真の被写体になることだ。それも、表に飾れる写真ではない。裸のいかがわしい写真なのだった。

すでに三十路《みそじ》にさしかかって子供を産んだことがあるにも拘《かか》わらず、娘のような体をしていた女は、好事家向けの裸体写真の被写体として売れっ子になった。他の女達と違い、裸になってもごく自然に笑顔を作って写ることができたからだ。放ったらかしの息子には滅多なことでは見せない、甘い表情であった。

やがて女は写真館の主人とも関係を持つようになった。そこの主人は、他の男のように荘介を邪魔者扱いはせず、色々と珍しい西洋の写真機や写真にも触らせてくれた。何よりも荘介は、そこの主人の手彩色の腕に憧《あこが》れた。

写真に手で彩色をするのだが、これで値段が決まる。下手なものは台無しだが、美麗なものには法外な値がついた。無論、「東京の一流芸妓にも劣らぬ」と称賛された被写体のお陰もある。

ある日そこの主人は、ふと思いつきで荘介に手彩色の手ほどきをしてみた。荘介は主人をも驚かすほど、器用に丁寧に彩色をこなしたのだ。それは使った写真が母親だからというだけではなかった。やはり絵に天賦の才があったのだ。

荘介とその母は、その写真館にとってなくてはならぬものとなった。母は被写体として、息子は彩色の手伝いとして。母に負けず、荘介の彩色の腕は誉められた。十歳にもならぬ子供が彩色しているなどとは、誰にもわからなかった。

荘介はさすがに撮影の場に立ち合うことはないものの、母の裸体に黙々と色付けをして過ごした。笑顔の母に会えるのは嬉《うれ》しかったのだ。

ようやく母親も息子の絵の才を知り、初めて誉めてくれた。己れの裸に年端もいかぬ我が子が彩色していることなど、頓着《とんちゃく》しない女だ。ただ将来これで食わせてもらえるかもしれぬと期待したに過ぎなくても、荘介は嬉しく切なかった。信じてもいない神に信仰を捧《ささ》げるような生活だと、荘介は後から思った。

勿論《もちろん》、母でない女達の彩色も手懸けた。写真の女達は薄暗い中で嗤《わら》う。生白い裸は汗臭く脂粉臭く血の匂いもする。空洞の口と何も映さぬ眼窩は、母も他の女達も同じだ。

母は母である前に何よりも女で、襖《ふすま》の向こうで見知らぬ男に抱かれて喘《あえ》いでいたり、自分を何日も放って出歩いたり、少しも遠慮はしなかった。それでも恋しかった。恋う自分が惨めで面白かった。

何時間も続けて閉じ籠もって彩色をしていると、奇怪な幻が見えたり死者の声が聞こえたりした。飾り台の陰には真っ黒に焦げた足が投げ出してあった。暗室には、あの八十円を返せぇという老いた男の思念がわだかまっていた。井戸からは時々、染めた老婆の髪の毛が出てきた。撮影室の戸口からは、夜半になると時折なぜか船を漕ぐ音がした。会ったこともない曾祖父《そうそふ》が屏風《びょうぶ》の後ろに立っていることもあった。見つめるとすぐ消えた。

それらはいわば常連というか馴染《なじ》みの怪異達だったが、そういうものに慣れた荘介でもたまらないのは、写真の中の女達だった。

生地獄があった。女達は強烈に呪咀《じゅそ》の言葉を投げ掛ける。おっ父《とう》に売られてこうなったんじゃ。わたしゃもう犬以下じゃのう。旦那《だんな》の酒に水銀を入れたんは私じゃけん。先月も子を堕ろしたばかりじゃでまだ血が出ようるのに……。

そんな中に混じって、その清潔な写真はあった。

まだ少女だった。自分より少しだけ年上と思えた。無論、男を知っているのはわかる。ただ、騙《だま》されている感じもすれっからしの印象もなかった。羞恥で頑《かたく》なになっているのでもなく、何もかも投げ遣《や》りに不貞腐《ふてくさ》れているのでもない。しん、と静かな眼差しだった。ただ床に横たわる大人しい格好であったことも関係はあるかもしれぬが、裸という印象がないのだった。母の肉の色は彩色せずとも生々しいのにだ。

荘介はその娘に恋しい気持ちを抱いた。だが、写真は売り物だ。丹念に色付けをすれば手元を離れる。どこぞの好事家に買われていく。おそらくこの娘自身も買われた身の上なのだろう。

好きな女として、荘介は目に焼き付けた。時折、夢に出てきた。なぜか娘は左目を無くしていた――。


ここまで話を聞いて、タミエは血の気が引いた。紙で切られた頬に薄く血が滲《にじ》んだ。あの写真館の床の冷たさが肌に直によみがえった。

「二番目に、好きじゃった女がそれじゃ」

荘介はやはり、若さに似合わぬ疲れた表情で微笑むのだ。

「あんたを熊太商会で見かけた時、すぐにわかったけん」

ていた。荘介の手の甲にもうっすらと傷がついている。タミエは衝動的に、そこに唇を寄せていた。荘介は身じろぎもしなかった。手を預けたまま、もう片方の手でタミエの頬の薄い傷をなぞった。愛おしめば愛おしむほど、傷は深まる。

「あの頃のわたしはきれいじゃったろう」

荘介は、ありきたりな世辞は口にしなかった。

「写真館の親爺《おやじ》も死んだし。あんたを囲うとった男も恐らく死んだんじゃろう。そねえな気がするで。わしは、なんか妙な勘はええんじゃ」

「……ええ勘をしとられる」

ならばここに来たのは、相談事ではなく、写真の女に会いたかっただけなのか。

「母親のことだきゃあ、わからんのじゃ」

どちらからともなく、体は離れた。何も抱き合わずとも、荘介はタミエの体をよく知っているのだ。隅々まで愛《め》でているのだ。今、庭先に寂しげに立つ宮一よりよほど。

「生きとるんか、死んどるんか。どっちにしても碌《ろく》な末路じゃあなかろう」

再び外は強風が吹いていた。細い女の悲鳴が聞こえる。

「ああやって色々な店を覗《のぞ》いちゃあ、探しょうる。母親がおるとしたら、まぁ飲み屋街じゃと思うて、それこそ裸の女の写真を売り歩いてな、母親もついでに探しょうる」

タミエの肩に寄り掛かっていた女は、ふいに消えた。振り向かずとも、唇の濡《ぬ》れた赤さはよくわかった。そのよく似た口元が、目の前で笑う。

「あんたには、会えたのにのぅ」


——翌朝、手足の冷たさに目覚めたタミエは独りだった。

父と母はどこに行ったものか姿がない。物《も》の怪《け》の気配もない。戸口や障子を揺さぶり立てる泣き声は風の音だ。タミエの皮膚を射る青い光は病んだ陽光で、その向こうの暗い場所では絞め殺される声で鶏が鳴いていた。下手な三味線弾きが往来を行き来し、出だしの一節ばかりを繰り返し弾いている。

宮一の名前を呼んでみたが、応答はない。嫌な時にばかり現れる宮一でさえ今は懐かしい。胃の辺りに鈍痛があった。手足が痺《しび》れていた。とりあえず何か食べようと台所に行くと、すえた漬物の匂いに吐き気がした。それでも黙々と冷えた麦飯を掻《か》き込んだが、あまりの不味《まず》さに胃の腑《ふ》が痙攣《けいれん》しかける。嫌な汗で着物は湿っていた。

小さな餓鬼が、縁側を駆け抜けてすぐ消えた。地獄がこんなにも近い。ぐったりと卓袱台《ちゃぶだい》に伏せるタミエは、細かく震えた。

久しぶりだ。憑依《ひょうい》されたのだ。

死霊とも生霊とも一線を置いて付き合っているのだが、たまにこんな事態になる。そこに呼び出すはずの者に、直に体を使われてしまうのだ。生きている間はあれほどタミエをいいようにした宮一でさえ、死んでからは遠慮して背後に立つだけだというのに。ただ、これは霊能力がまだ今一つ弱いことが幸いしている。完全に乗っ取られることはない。意識は大方が自分のもので、入り込んだ異形の心は区別がつく。しっかりせにゃあ、いけん。タミエは自身につよく言い聞かせる。

俯《うつぶ》せていたタミエも、喉《のど》の渇きだけは我慢できず、台所の土間に降りて水瓶の蓋《ふた》を取った。まさか口に持っていった途端、炎となったりはしないだろう。ただ、やはり不味かった。生温く生臭く、体液の味がした。

本当の自分は地下の暗い場所に落ち、脱け殻だけがここにあるような感覚があった。

「そもそも、あんたは生きとるんか。死んどるんか」

憑依しようとしている、自分を乗っ取りかけている女に掠《かす》れ声で訊《たず》ねる。返事はない。代わりに幻が現れる。十七の頃の自分がそこに立っている。裸で左目がある。

あの時の写真を荘介が目にしたのは、僅《わず》かな時間であったろう。焼き付けて絵付けが終われば、顧客、つまり宮一の許《もと》に引き取られた写真なのだから。だからこそ荘介は、手放さねばならぬ写真を強く網膜に焼き付けていたのだ。

なんという確かな記憶力か。タミエ本人が十年前の自分の裸など思い出せぬのに。左目に映した景色も遠ざかったというのに。

それにしても、この気持ちと体がずれた感じは不快だ。果たして今のこの想いは自身のものか、荘介の母のものなのか。荘介の母として荘介を恋しがっているのか、不実な男達を恨んでいるのか。タミエとして宮一を恨み、親を罵《ののし》っているのかわからなかった。肩で息をつきながら顔をあげれば、風の吹き狂う荒れた庭が見える。萎《しぼ》んだ花と侘《わび》しい庭木と風にも消えぬ魔の足跡とが揺れる。

それでも紫の被布だけはしっかりと巻き付け、タミエは外に出た。今が暑い季節なのか寒い季節なのかも曖昧《あいまい》だった。ふわふわと輪郭を無くしかけるタミエを支えるのは、皮肉なことに背中におぶさる生霊のせいだった。そう、この女は生きているのだ。

タミエは岡山市内でも最も繁華な通りに出ていた。白塗りの酌婦や酔っ払い、いかがわしい写真売りや客引き、怪しげな新興宗教の一団、灯火は暗い緋色《ひいろ》に揺らめき、顔には深く暗い陰影が浮かぶ。嬌声《きょうせい》と罵声《ばせい》と華やかな歌声と。生きた者と……死んだ者。タミエは異様な雰囲気からか、乱暴な酔客にも道を空けられる。風はいつのまにかやんで、月は磨かれたほどに鋭く明るい。タミエに憑依した女も機嫌がよい。そこにふと、小さなざわめきが起こった。

ふいに、タミエの目の前は人工の色合に彩られた。薄暗いいつもの通り道が、絵の具で着色したように華やかに輝いているのだ。それは向こうから現れたものの所為《せい》だった。天女。あの熊太商会の表に麗々しく飾ってあった戯譃《ざぎゃく》写真と呼ばれる、奇術めいた合成写真にあった天女だ。薄衣を棚引かせ、気高くも艶《あで》やかな笑みを浮かべている。静々と通りの真ん中に進み出ると、辺りにえも言われぬ香りと煌《きら》めきとを振り撒《ま》いた。だが頭を冷やして考えれば、天女がこのような猥雑《わいざつ》な通りに降りてくるはずはない。ふいに悲鳴があがった。それはタミエの喉から迸《ほとばし》っていた。

天女を真ん中に取り巻く男達は皆、どこかを激しく損傷していた。彼らに比べればタミエの左目など何ほどでもない傷だ。とにかく尋常ではなかった。遠まきに眺める人々の間にざわめきは広がる。すべての者が青ざめていた。悔い改めて浄化を待っているのではない。その天女を取り巻く男達に圧倒されているのだ。それは生きているのが不可解な損傷ばかりだった。

真っ黒に焦げた顔面。顎《あご》まで垂らした脳漿《のうしょう》。腹部からはみ出た内臓。逆に曲がった四肢。なのに彼らは満ち足りた表情を浮かべている。気がつけば、通りにいる人間皆、平伏して拝んでいた。

いつのまに、天女と向き合う場所に来たのか。ひざまずくことすらできぬのは、タミエただ一人だった。いや、もう一人いた。天女とタミエの間に割って入り、立ち尽くすのはあの荘介だった。いつからここにいたのか、まるで気がつかなかった。荘介はしっかりとあの風呂敷包みを抱えている。その目に塗りこめられたのは……憎しみと恋しさだ。ただし、タミエに向けられたものではない。タミエに憑依している女に対するものなのだ。でなければ、そのような顔はできない。

タミエが一歩踏み出すのと、風呂敷包みを放り投げるように中から何かを取り出すのとは同時だった。一連の流れるような動きは、タミエ自身の意識が捉えていた。取り出されたのは筆ではなかった。小刀だった。

一筆で愛しい女の顔を描き切ったように、一振りで小刀は女の喉元に吸い込まれた。刹那、タミエに憑依していた女は天女の方に飛び移った。

だから、タミエは痛みは感じなかったのだ。喉を突き通す小刀の感触も得られはしなかったのだ。憎しみの粒子は飛び散り、驕慢《きょうまん》で愛らしい女の喉笛は典雅な音を立てた。天上の歌のような悲鳴だった。再び弱い風が吹き、タミエは膝《ひざ》を折る。

天女は首を飛ばされ、白い薄衣を赤く染めて、それでもなお威厳を保って立っていた。そっと地面に転がった首を自ら拾いあげると、胸の前に捧《ささ》げる。

「戻ってきてくれ、おっ母《かあ》。おっ母を一番好きな男は、わしじゃけん」

周りは水底ほどに静まり返っていた。抱えられた女の首は、名人が彩色したほどに美麗であった。頰は桜の色で唇は珊瑚《さんご》の艶《つや》で、簪《かんざし》は金に煌めく。

「おっ母はもう、どこにも行かん。可愛い荘坊のとこに戻るけん……」

つんのめりそうになりながら、タミエは走った。天女、いや、母親にしがみつく荘介を力任せに引きはがし、かき抱く。タミエの首筋に肩に胸元に、温かな液体が滴り落ちてきた。血の匂いに恍惚《こうこつ》とした。だがその時はもう、辺りは大混乱を来していた。飛びかう悲鳴と怒号、足音。巡査の一団が駆け寄ってきた時、極彩色の幻は消え失せた。現実の岡山裏通りに戻ったのだ。同時にタミエは、魂も何もかも抜けた顔でその場に崩れ落ちていた……。

──気がついた時、タミエは川べりの自分の家の奥の間に寝かされていた。さすがにおろおろと青ざめた母が、覗《のぞ》き込んでいた。ほつれ毛と首筋の皺《しわ》が、やつれと歳を隠しきれない。タミエが目を覚ましたとわかり、縁側にぼんやり座っていた父も急いで入ってきた。このように両親に心配されるのは、宮一に日本刀で切り掛かられて生死の境をさ迷ってから後はなかったのではないか。

「……どうしたんじゃろか」

ぼんやり起き上がるタミエに、父と母は交互に経緯を教えてくれた。「えらい事件に出喰わしたんじゃ」と。なんでも息子が女郎をしていた母親を裏通りの廓《くるわ》で見付け、追い回した挙げ句に小刀で襲いかかり、首を切り落とすほど突き刺したのだと。

首が落ち、それを抱いていたというのはタミエの幻影だったらしい。

薄い粗末な布団《ふとん》にくるまって、タミエは無風の庭を見やる。

「初めは客との諍《いさか》いと思うたら、なんと親子じゃったと新聞に書かれとる」

「猥褻《わいせつ》な写真を売り歩いとったか。わしもやっぱりそこまでの商売はできんのぅ」

タミエがひとまず生気を取り戻したようなので、夫婦は再びタミエを置いて二人だけで縁側に座って茶を啜《すす》っていた。

「その男が、タミエにつかみかかったというのを聞いて、ああ、こりゃもう死んだと覚悟したで」

「タミエもすぐ気絶しとったけぇ、下手に抵抗をせんかったから助かったんじゃ」

なんと倒れたタミエを介抱し、とりあえず寝かそうと店先から座敷にあげてくれたのはあの熊太商会の主人と住み込みの使用人達だったという。

新聞には憶測で、金銭がからんだ親子喧嘩《げんか》だの、幼い頃から捨て置かれた積年の恨みによるものなどと書きたてられていた。

どこにも、恋しすぎてこれ以上待つのが辛くて、待たずに済むよう殺したなどとは出ていない。荘介は清潔な感じの、それでいて寂しげで物憂いきれいな青年とは書かれず、いかがわしい写真売りで放蕩者《ほうとうもの》と書かれただけのように。

それでも今回は幸いにというべきか、事前に霊媒師の許を訪れていたことなどは知られずに済んだ。よって、岡山県警の小うるさい刑事達も来なかった。たまたま行き合わせて襲われかけた女として済んだのだ。

それにしても、とタミエは風の去った彼方を透かす。あの頃撮った写真は、どこに消えたのか。どこか西洋で売られていたりするのか、好事家の写真帳にひっそりと隠されてあるのか。いや、宮一の遺族はあれを見付けたら、まず焼き捨てるだろう。まさか売りはしないはずだ。

自分の美しい頃の裸体を知る男は、遠くにばかり去ってしまう。一人はあの世に、一人は獄に、後の男達も強風とともにどこかに追いやられた。

写真を撮られると魂を抜かれるというのは、あながち嘘ではないかもしれない。あの時からタミエは半身をどこかに置き忘れてきた違和感に悩まされているからだ。

あの写真館はもうないらしいが、その消えた写真館とともに若々しく両目の輝く自分も消え去ったのかもしれない。まだ子供のような裸体でぎこちなく床に寝そべり、そう、まるで帰ってこない母を待ち続ける幼い荘介のように、迎えに来てくれる暖かな誰かを待ち続けているのかもしれない。

「やれやれ、上客は運んできてくれなんだのう」

すっかり風のおさまった庭を見ながら、父はどこか媚《こ》びる眼差しを傍らの母に向ける。

「風だきゃあ、借りりゅうせん、か」

借りてばかりいるのに、それを当然と生きてきた強《したた》かな女の母は、破れた障子の穴に指を差し入れして薄く微笑む。父はまた小商いにしくじった。絵端書売りをしようとしたのだが、なかなか人気の美人絵端書は入手できぬのだ。かつて娘がそのような写真を撮っていたことも知らない。

「なんじゃ、もう外に出られるんか」

タミエが被布を被《かぶ》って襖《ふすま》を開けて出てきたのを、父は見咎《みとが》めた。

「風に吹かれた方が具合も良うなるかもしれんじゃろ」

「風はもうやんどる」

風だきゃあ、借りゅうせん。人は風とは違う。貸してくれたまま催促もせず逝く者もあれば、借りはたとえ死後でもと取り立てに来る者もある。

タミエは「舶来雑貨熊太商会」に向かう。なぜか臨時休業の札が降りていた。同じように店先に残念そうに立ち尽くす学生や娘達がいた。ただ、飾り用の硝子戸《ガラスど》越しには飾ってある美人絵端書が見えた。

そこにかつての自分や荘介の母親がいれば出来すぎだが、やはりそのようなものはなかった。この前と同じ、張りぼての鶴に乗った洗い髪の芸妓《げいぎ》や羽根飾り帽の西洋婦人が、澄ましかえっているだけだ。

その彩色された美人達は皆どこか空洞の眼差しで、自分達の暗い過去と行く末を見つめているかのようだった。あの時のタミエや荘介の母親と同じで、決して目の前の男に微笑みかけたりはしていないのだ——。

岡山ステン所

──岡山県下にては駅の停車場（station）を訛《なま》りてステン所と言ふ者、甚だ多し──

半分になってしまったタミエの視界だが、それでも必ずや緑は捉えた。岡山市外れの川沿いに建つ柱の傾いだ粗末な家が如何《いか》に暗くとも、空気まで染める緑は眩《まばゆ》い。

「簞笥《たんす》長持ち、質屋に入れて」

縁側で団扇《うちわ》を使いながら、母が投げ遣《や》りに鼻歌を歌っている。荒れた狭い庭から、痩《や》せた雀が飛び立った。父が帰ってきたのだ。

「乗ってみたいぞ陸蒸気《おかじょうき》」

続きを歌うのは縁側からあがりこむ父だが、女房に追従しているのでも機嫌が良い訳でもない。小商いにしくじってばかりいる父は、質屋に入れる簞笥も持たぬが、陸蒸気に乗ってどこか遠くに行きたい気持ちはあるかもしれない。

そんな連れ合いに殊更な情愛も嫌悪もない母には、陸蒸気に乗りたい思いなどないだろう。ただ岡山駅の方から汽笛が聞こえたので、ふと口ずさんだだけだった。

「岡山ステン所も賑《にぎ》やかになっとるのう。三好野ビヤホールができる前までは、田圃《たんぼ》の真ん中じゃったのに」

──ステン所とは笑止の沙汰《さた》なり。正しくはステーションなり──

いくら地元の山陽新報が躍起になって間違いを糺《ただ》そうが、岡山の者は皆「ステン所、ステン所」と呼ぶ。タミエがいくら親ともども「霊媒師」と名乗ろうが、「拝み屋」と呼ばれるのとは少し違うだろうが。

ともあれ父の言葉に、母は返事もしなかった。団扇を扇ぎ続けながら、独り言を言う。

「タミエは奥で寝とるんかい」

穴蔵めいた軒の低いこの家屋には二間しかないが、タミエが依頼客の見立てをする奥の方の部屋は、昼間も部屋の隅が見えぬほど暗い。日の長くなった夏だというのに、闇がわだかまる。垢《あか》で光る板の間は、死者が歩いても軋《きし》むほど傷んでいる。

その奥の間で、タミエは机に俯《うつぶ》せてうたた寝していた。起こされたのは母の呼び声ではない。真の闇に閉ざされた左目の奥が痛めば、それは次の客がある印だ。

「タミエ、お客じゃで」

二度目の母の声にまだ春の続きのように気怠《けだる》い体を起こしたタミエは、紫色の被布を被る。

そうしてゆっくり部屋を出た時、見える方の右目も痛んだ。柔らかな春の後には、獰猛《どうもう》な夏が控えている。それを突き付けたのがその依頼客だ。

湿った午後に訪ねて来た女が、タミエの夏を暗くした。再び岡山ステン所の方角からどこか歪《いびつ》な汽笛の音と、淡い死者の呼び声がした。

岡山ではその芳子《よしこ》のような女を、こしらえ映えのする女と呼ぶ。

かつてのタミエもそうであり、タミエの母親もまたそうだった。かつて、とは、タミエがその幼い頃より評判だった色香で妾商売《めかけ》をしていた頃であり、母にとっては父の小商いがまずまず順調にいき、娘の稼ぎを当てにせずとも済んだ頃のことだ。

こしらえ映えのする女。それは普段の地味な着物より、上等な晴れ着や洒落《しゃれ》た着物が似合うという意味だ。ハイカラという言葉が流行《はや》っても、やはり岡山の女が言われてみたいのはそれなのだった。

ちなみにその反対で、余所行《よそゆ》きの着物が似合わないのは前掛け女房、もしくは手拭《てぬぐ》いオナゴと言う。無論、こしらえ映えのする女の方が誉め言葉なのだが、実際に安穏とした仕合せな女を全うできるのは前掛け女房や手拭いオナゴの方が多い。それはタミエと母が生きた見本のようだった。

「箪笥長持ち質屋に入れて」

物怖じせず、すっと入ってきた芳子と名乗るこしらえ映えのする女は、母の口ずさんだのと同じ歌を呟《つぶや》いた。だがタミエは「乗ってみたいぞ陸蒸気」とは続けてやれなかった。すでに芳子の背後に、黒いものがいたからだ。

薄手の絹織の着物を、これは決して素人ではないだろうと誰の目にもわかるように着こなした女は、蒸し暑い部屋で汗一つかかなかった。それは女のきめ細かな肌の質のためではない。タミエよりずっと若い。二十歳そこそこなのに年増の色香が匂う。

「乗ってみたいぞ陸蒸気……か」

女は、また低く口ずさんだ。タミエは早くも重い疲れを感じた。

霊能力者、霊媒師の看板を掲げてはいても、日によって体調によってその能力に波のあるタミエは、依頼客につい弱腰になる。もっとはったりを利かせてもええじゃろが、と誰に対しても強気の母親などは舌打ちをするが、これは元々の気性だ。

殊に、今日は目の前の女に気圧《けお》される。背後に立つものは、まったく正体がつかめぬ。あるようで、ない。ないようで、ある。曖昧《あいまい》で不確かなものだ。生き死にもわからぬ。

それにしても、芳子が身につけたものはみな金がかかっている。タミエはすぐに、それらはすべて男に買ってもらったものばかりだとわかったが、卑しさは感じられない。買ってもらったのではなく買わせてやったのだと、その仄白《ほのじろ》い細面は語っている。それが嫌みではない。品のいい高慢さを身につけた女には似合っている。

「霊媒師さんでのうても、わかるじゃろ」

ふてぶてしい愛らしさを湛《たた》えたまま、芳子は小首を傾げてみせる。

「わたしはまともな嫁じゃあない」

それは宿命を楽しむ微笑だった。こしらえ映えのする女ならまず備えている笑い方だ。

「わたしじゃて、昔は……」

と思わず言いかけ、タミエは口をつぐんだ。かつて自分を囲っていた宮一が庭先に佇《たたず》むのがわかったからだ。見えないはずの左目の端に映ったそれは、陽炎《かげろう》に溶けて消えた。悪意も怨念《おんねん》もない、ただ哀しげな気配だけがしばし残った。

「いや、わたしの事なんぞどうでもええな。どうぞ芳子さん、お好きなように、自分の事を語ってつかあさい」

蟬時雨にうっとりと身を任すかのような眼差しになり、芳子は語り始めた。

芳子は岡山の北にある、津山《つやま》の近隣の村に生まれたという。貧しい村の中でもさらに貧しい家で、歳の離れた兄や姉は皆、物心つく頃には住み込みで奉公に出されていた。誰にも顧みられぬ土色の兄姉とは、滅多に顔を合わせることもなかった。父は病気がちで、代わりに母が牛や馬よりも働き通したという。

そんな一家の中でいったい誰に似たものか、芳子だけが飛び抜けて器量が良かった。市松人形にそっくりじゃ、いや町の子みたいじゃと、誰もが感心した。もっともその母はたとえ器量好《よ》しだったとしても朝から夜まで真っ黒になって力仕事をしていたので、気づかれなかっただけかもしれぬ。

「芳ちゃんはさぞ、こしらえ映えがする女になるじゃろうに」

何にしても、芳子はずっと誰彼にそう言われて育った。他に誉めるところ、行く末に希望を持てることなど何もなかったということもある。

しかしこしらえ映えさせようにも、到底晴れ着など望めぬ極貧の境遇にあった親は、力無く笑ってその誉め言葉を受け流すしかなかった。純朴であり無気力な北の農民は、

「岡山の学士様に貰《もろ》うてもらえるかもしれんぞ」

と無邪気な夢の誉め言葉は口にできても、

「てっとり早うに、その器量で食える方法ならあるじゃろが」

という、現実味のある提案はできなかったのだ。そこのところが、曲がりなりにも街を渡り歩いたタミエの親やその周りの者とは異なっていた。

だが、その誉め言葉は呪文《じゅもん》であった。繰り返し繰り返しするうちに、垢染《あかじ》みた継ぎ接《は》ぎだらけの着物を着ていても、芳子はこしらえ映えする女になってしまったのだ。

「どうせ奉公に出すなら」

と、純朴なはずの北の農民までが、芳子の母親に入れ知恵をするようになった。長年の貧苦に人相まで変わっていた母は、芳子の前に手をついた。当時すでに長患いの末に死んだ父の借金にも苦しんでいたのだ。

こしらえ映えのする女に、いよいよなれる。芳子はそれだけを思い、前借り金と引き替えに津山町内の料亭に遣《や》られた。十五になるかならずかで住み込みの仲居見習いとなった芳子は、たちまちそこで良い旦那《だんな》を得た。元より、それが目的だったのだ。高価なものではなかったが、お仕着せの着物は文字通り芳子をこしらえ映えのする女にしてくれた。旦那となったのは、津山市内の豪農の息子だった。無論、正式な女房として娶《めと》ってくれた訳ではない。その旦那となった当時三十過ぎの広吉《こうきち》には、とうに妻子があったのだ。

それでも芳子は津山市内に一軒家を持たせて貰い、充分な手当ても貰い、寝付くようになった母の面倒をも見てもらえるようになった。こしらえ映えする娘は孝行娘ともなったのだ。ただ、母は一度も感謝めいた言葉は口にしてくれなかった。

「前掛け女房にもなれんかったのう、芳子は」

なれんでええ、そんなもの。寝付くようになってから、さらに土気色を増した顔色の母に背を向け、芳子は上等な着物をまとう。そうして旦那を待つ。

「わしのどこに惚《ほ》れたんじゃ」

どっしりとした頑丈な風貌《ふうぼう》の広吉は、性質もその通りであったが、妙に気の弱い一面もあった。遥《はる》かに小さく若い芳子に、遠慮がちにそう尋ねるのだ。

「よう、わからん」

一見、いかにも男あしらいの巧そうな芳子だが、これもまた妙なところで正直なのだ。投げ遣りにではなくちょっと小首を傾げて口にするのは、そんな素っ気ない答えだ。

「まあ、優しいし男ぶりもええとこじゃろうか」

それで充分に、広吉は満足するようだった。だから芳子は、正直に本心を打ち明けないでいられる。

広吉の何に惹《ひ》かれたか。どこに惚れたか。

それは、あの汽笛だ。近くで聞けば轟音《ごうおん》なのに、遠くでは喩《たと》えようもなく哀しい音色のあの陸蒸気《おかじょうき》の音だ。

岡山津山間三十六哩《マイル》、資本金五百万円という途方も無い中国鉄道鉄道だ。広吉はわずか五十株ではあったが、中国鉄道の株を持っていた。だ。芳子が何より惚れたのは広吉の持つその株だったのだ。

幼かった芳子の最も華やかな色彩を持つ思い出は、明治三十一年の冬だ。その日岡山と津山を結ぶ中国鉄道の線路が開通し、沿線の者は皆その線路の傍で日の丸を掲げたのだ。すでに岡山県の南部にある倉敷《くらしき》や和気《わけ》、笠岡《かさおか》と岡山市は山陽鉄道で結ばれていたが、北部の津山に陸蒸気が走ることになったのはそれより七年遅れていた。

だから中国鉄道の開通は、津山周辺の者にとっては途方も無い慶びだった。町中に提灯《ちょうちん》が並び、相撲興行まで行なわれた。津山駅には祝いの酒樽《さかだる》や米俵が並び、祭り以上の賑《にぎ》わいだった。村中が沸き立った。真っ黒な煙を吐く真っ黒な鉄の塊は、圧倒的な力と熱と速さで岡山と津山の間を駆け抜けた。

年寄りは拝み、子供達は後を追って走った。それは真冬のことだったのに、誰もがそれこそ陸蒸気ほどに熱くなっていた。芳子の記憶の中で、それは夏にすり変わっているほどに。その時、芳子は母親に手を引かれていた。父親はその賃金の良さに、すでに病の忍び寄っていた体でその工事に出ていたため、肝心の時に寝付いていた。父は線路を造っただけで、華やかに開通した陸蒸気は拝めなかったのだ。そのため、母の顔色はいつにも増して暗かった。

線路沿いの道でただ一人、恨む眼差しで機関車を睨《にら》んでいたのが母だった。

「わしの代わりに見てきてくれえ」

ざらざらとした息を吐きながら、寝床の中で土気色をしていた父は、ついに自分がその一端を担った鉄道を走る機関車を見ずに死んだ。ただ、最期の言葉は女房へでも娘へでもなかった。

「おお、速いのう。どこに行くんじゃろうかのう」

遺した言葉はそれだった。父は死の国へ陸蒸気で行ったのだと、芳子は信じた。

「あれに殺されたんじゃ」

憎々しげに線路の音に眉《まゆ》をしかめる母は、ついに晴れ着が似合わぬまま老いた。

「箪笥《たんす》長持ち質屋に入れて、乗ってみたいぞ陸蒸気」

流行歌をついぞ歌うことなどなかった母なのに、昏睡《こんすい》するとそれを口ずさんだ。陽気で希望に満ちて、そして惨めな旋律だった。

だから、広吉が旦那となった決め手は、芳子に晴れ着を買ってくれたからでも、母にまでいい着物を買ってくれたからでもない。わずかとはいえ中国鉄道の株を持つ広吉は、実際あれに乗ろうと切符を買ってくれたのだ。

すでに客車のランプは電灯になっており、駅前にはハイカラな二階建てのビヤホールまでできていた。芳子はまさにこしらえ映えする女として、広吉の隣で人目を引いた。

おっ父《とう》が敷いた線路などと感傷もなければ、恨みを晴らしたというような気概もなく、ただ子供のように嬉《うれ》しかった。板張りの客車の座席は、三十人が定員だ。最新の電灯が輝き、英国製だという機関車はどこも光り、芳子はいい着物を着ていた。

「なんとまあ、明るいもんじゃのう」

芳子は初めて人前で、広吉にしなだれかかった。かつて自分の暮らした家にはランプすらなかった。昼間も部屋の中は暗かった。今も辺りの家々には行灯《あんどん》しかない。それが駅舎には煌々《こうこう》と角灯が燃えている。

駅舎の周辺にも線路沿いの道にも、昔の自分のような薄汚れて痩《や》せた子供達がいた。皆、見物に来ているのだ。と、その中にこれもまた昔の母のような真っ黒に泥と垢で汚れた女がいた。その女は芳子を一瞥《いちべつ》し、さも憎々しげに言い放ったのだ。

「こしらえ映えのする女は碌《ろく》な末路を迎えん」

それは単なる嫉《ねた》みではなかったのかもしれぬ。


そこで芳子は、ふうっと息を吐いた。哀しい思い出も楽しい思い出も、この女は同じ調子で語るのだなと、タミエは汗を拭《ぬぐ》う。だが、口を挟むことはしない。

「乗車切符は一等の白。米一升と同じくらいの切符代じゃで」

あんたは乗ったことがあるんかな？　と芳子は、タミエの母が運んできた茶にちょっとだけ口をつけて尋ねる。いいや、とタミエは首を振る。かつて自分を囲っていた宮一は、

「来月乗りに行こう」

と言って、その来月を待たずに一人で黄泉《よみ》へ向かう火の車に乗ったのだ。

「中国鉄道でなしに、山陽鉄道にも乗ろう。なんでかある日急に、旦那さんはそんなことを言い出したんよ」

芳子によると、やはり山陽鉄道の方が規模が大きいだけに、食堂車までついているのだそうだ。また、そちらには列車ボーイと呼ばれる男達も乗っているという。荷物の世話や駅名を告げたりする役目だ。

芳子は思い出話をするだけで、肝心の相談事にはまだ触れてこない。もしかしたら、本当に陸蒸気の思い出話をしたいだけなのかとタミエは思ったが、それならその背後の生温かく生臭い何者かの気配が説明できぬ。ここはまだしばらく黙って聞く他なかった。

「トンネルを抜けた後、食堂車に行くけんな」

機関車自体は同じだが、やはり岡山と津山を結ぶ中国鉄道より、神戸にまで延びている山陽鉄道の方が乗客は圧倒的に多かった。

芳子はもうむやみに興奮せず、いい着物を汚さないよう澄ましていた。客車に乗り込んでも、中国鉄道でそうしたように、窓から父の面影を追うこともしなかった。貧しい子供達が、線路沿いの道で必死に手を振っている。芳子はかつて自分もそこにいたことなどおくびにも出さずに、その子供らに手を振ってやった。

あそこにはかつての自分のように、こしらえ映えするとも知らずに煤《すす》けて真っ黒になっている女の子供が大勢いる。その中から幾人が、本当にこしらえ映えする女に成長し、こうやって陸蒸気に乗れるようになるのだろうと想像すれば、痛いような哀しいような昂《たか》ぶりが車輪の軋《きし》みに重なってくる。

「車両も、枕木も、レールも、皆が皆、英国製なんじゃで」

傍らの広吉は、さすがにむやみにはしゃいだりはしなかった。静かに窓外を流れる景色に見入っていた。どこを見ているのだろう、と芳子は少しだけ広吉のことも考えた。

惚れているのかいないのか、まだよくわからぬ男のことを考えたりしたからか。

「……どこへ行くんじゃろうな……」

レールを軋ませる音に混じって、僅《わず》かに一度だけ死んだ父の囁《ささや》きを聞いた。

「……最後の駅はどこじゃろな……」

芳子は慌てて辺りを見回した。父など乗っているはずがない。だが、トンネルの中で芳子はずっと広吉にしがみついていた。

「これえな暗闇が、恐《きよう》てえか」

その時の広吉は確かにからかうように言ったのではなく、もっと怖いものがあるぞと嘲笑《あざわら》う口調だったと芳子は感じた。

そう。怖いのは死者ではない。終着駅なのだ。本当にトンネルの向こうは岡山駅なのだろうか。いきなり血色の地平や針の山が現れたりしないのか。

「ほれ、もう外は明るいで」

死んだ父ではなく生きた旦那に背中をさすられて目を開ければ、トンネルの向こうは緑滴る山と田圃《たんぼ》が広がるばかりの、閑《しず》かな景色であった。いったいどれほど長く闇の中にいたのだろう。芳子にその時間はわからなかった。

そうして本当の行き着く果てというべきは、広吉に伴われて移った食堂車だった。


「洋食一等は七十銭」

歌うように、芳子は言った。

「確か三等は三十五銭じゃと、向こう隣のお医者が言うとったように覚えとるけど」

タミエがやっと口を挟む。贅沢《ぜいたく》な上に贅沢だ。一度の食事が七十銭などと。ところが芳子は自慢げにそれを言った訳ではなかった。

「鼠三十五匹分じゃで」

タミエも思い出した。ペスト予防と称し、捕えた鼠を警察署で買い上げてくれたことがあったのだ。それが一匹二銭だった。そこまで生活は逼迫《ひっぱく》していなかったから、鼠などそう追い回しはしなかったのだが。

「わたしは這《は》いずり回って捕まえたで。あの日から三十五匹分、ええ暮らしができるようになったんかのう」

涼しげな笑い声を立てると、芳子は真顔に戻って話の続きを始めた。

一つの車両が丸ごと、ハイカラな西洋式の食堂だった。磨き込まれた木の床と壁に囲まれた部屋には最新型の電灯が灯され、隅々までが明るかった。その中央を占める西洋式の長い食卓は顔が映るほどに光っており、正面の壁際に置かれた黒檀《こくたん》の飾り棚には一抱えもある花瓶があり、名も知らぬ西洋の派手な花が挿されてあった。

そこにある物みな眩《まばゆ》かった。食卓には異国の海の色をした酒壜《さかびん》があり、銀の匙《さじ》や繊細な花模様の皿がすでに並んでいる。背もたれの高い椅子は、椅子自体が偉いものであるかのように反り返っていた。

だが、何より芳子が心奪われたのは、そこで給仕をする列車ボーイだった。白い詰襟の制服を着た、まだ幼さの残るその一人の列車ボーイ。

彼もまたじっと芳子を見た。傍らの広吉をも見た。無論、じろじろと芳子達を眺め回すような不作法な真似はしない。すぐに持ち場に戻って甲斐甲斐《かいがい》しく立ち働いた。年配の列車ボーイの指示に折り目正しく従い、客にも丁寧に接する。それでいてどこか不貞腐《ふてくさ》れたふうもあった。

幼い日、なぜか暗い眼差しで機関車を睨んだ眼差しだと、瞬時に芳子は彼のそんな情景を確信した。

「どねえな、あのボーイは」

広吉は窓外に目をやったまま、そんなふうに言った。そこで芳子が何か答えようとする前に、列車は再びトンネルに入った。芳子は椅子から転がり落ちそうになる。

亡き父の青ざめた眼差しが窓硝子《まどガラス》にあった。ぽっかりとそれこそトンネルのような口を、何か言いたげに動かした。

その芳子をまるで抱き留めるように抱えてくれたのは、確かに広吉ではない男だった。抱き留めたその男が着物ではなく洋装とは瞬時にわかっていた。

「芳子、こっちの男の方がええぞ」

亡き父か、広吉なのか、その列車ボーイだったのか。レールを軋ませる車体の揺れと暗闇は、その声を曖昧《あいまい》にした。

「……こっちの男の名前を呼んだげられえ」

まったく知らない女の声もした。その女の声はトンネルの黒い染みのように、いつしか芳子の背中に取り憑《つ》くようになった。見も知らぬ、恨まれる覚えとて何もない女なのに。その女は、列車ボーイのあの男を恋しがっていた。そう、芳子が、ではない。取り憑いた女が恋しがったのだ。

「自分でも、その後のことがようわからんのよ」

芳子はトンネルの中にいるかのように、焦点の定まらない不安げな眼差しを向ける。なぜか蟬時雨は止んでいた。縁側で涼む夫婦は、もう鼻歌も歌ってはいない。

タミエは正座の膝《ひざ》を崩さぬままに、芳子の話をただ聞く。タミエには精神統一に必ず必要な呪文《じゅもん》だの経文だのはない。確実に死者を呼び出せる自信もない。悪い気配だけは察することができるが、大抵は死者の方から接してくるのを待つ他ない。

「わたしは時刻表を調べて、岡山駅に行くようになった」

午前に三回、午後に四回、列車は岡山と津山を一日に七往復する。岡山駅に行けば、様々な人がいる。乗客、見物客、見送り、そして機関士や列車ボーイ。

あの暗い眼差しに涼しい顔立ちの瘦身《そうしん》の列車ボーイは、ちゃんと芳子が来ているのをわかってくれるようになった。そうして雨の午後、列車ボーイは声をかけてきたという。

「……わしは岡山ステン所の官舎に住んどる」

と。停まった英国バルカン製造の頑丈な機関車は、闇より黒々とそびえていた。暗い橙色《だいだいいろ》の電灯に照らされ、芳子の死んだ父が窓硝子に映っていた。言うまでもなく、不吉な口元をして嗤《わら》っていたと、芳子はかすかに怯《おび》えた目をする。

「もう、おっ母が死にかけとったこともあるな」

面倒を見るべき者はもういなくなるのだ、と。だから芳子は母を看取《みと》ってから、列車ボーイの許に出奔した。広吉に不満などなかった。ただ心底惚れていなかっただけだ。

列車ボーイは同い歳で、道夫《みちお》と名乗った。彼が住む官舎に転がりこんだのだ。ついに芳子は前掛け女房となった。髪も地味にひっつめ、地味な着物を着ていればそう人目にはつかない。仕立ての仕事を細々としながらも、仕合せだった。

「それがふいっと、文字通り消えてしもうたんじゃ」

喪失感は青空に通じている。芳子は汗を拭《ぬぐ》う仕草だけをした。

「このことは、まだ誰にも話しとらん。そもそも天涯《てんがい》孤独の身同士じゃ。けど駅に病気と偽るのも限界じゃしな。近所も怪しんどる。じゃけん生き死にだけわからんじゃろか」

そうして芳子は、涙を拭う真似だけをした。

「あの人がいつかふっと居《お》らんようになるいう気は、当初からずっとあったんよ。わたしゃ恐れとるのに、どこかでそれを待ち望んどるようじゃったなぁ……」

タミエは怖いというより、何かとてつもなく哀しい話を聞いた気持ちになった。芳子に感応して、貧しい幼少時代やまさに自分自身に当てはまる妾《めかけ》の頃の話を聞いたからか。

「関係があるかどうかはわからんけど。あの人はよう、こねえな奇怪な思い出話をしとった。それはな、やっぱり駅や陸蒸気の話なんじゃ……」

　そうして芳子は、次にその道夫になりきったように、その男の身の上話を始めたのだった。ようやく芳子は汗ばみ始めていた。

　列車ボーイとなった道夫は整っているのに暗い場所で育ったような顔をしていた。その道夫はよく芳子にこんな話をしたという。

「わしがその女に初めて会《お》うた日のことは、覚えとらん。いや、うっすらとした幻のような記憶ならある」

　二階の部屋は昼間も暗かった。ざらつく畳とささくれた板の間は、先に住んでいた見も知らぬ男女の匂いが残っていた。

「それは背負われて海辺を歩きょうたり、一緒に豆を筵《むしろ》に干したり、果物の皮を剝《む》いて貰《もら》ようたり、膝に抱かれてうたた寝をしたりいう、他愛ない記憶じゃ。女はぼっけえ色白で痩せた、汗をかかん女じゃった」

　わたしみたいじゃなあ、とは口を挟めぬ芳子だった。

「一番よう覚えとるんは、最後に会うた日のことじゃ。女は言うた。行こうや。一緒に列車に乗るんよ。行き先はお星様の駅じゃ、と」

　それは山陽鉄道の方だ。中国鉄道より七年も前に開通している。

「女の手は冷たいのに、わしの手は火照《ほて》っとった。嬉《うれ》しかったからじゃ。この女と乗る列車も楽しそうじゃったし、お星様の駅というのも心惹《ひ》かれた。それからわしは女に背負われ土手を登っていった」

非番の日、道夫はいつもその話をした。寝床で聞くのはお伽話《とぎばなし》のようだ。いや、それは実際にお伽話だった。彼は本当の身の上話は決してしなかった。

「青黒い、夜の匂いの山じゃ。夏というのに寒うてな。わしはずっと女の胸元に手を入れて乳房を触っとったけん、指がかじかむことはなかった。乳房の下の血管が温《ぬく》う脈打っとったことも、さらさら乾いとったことも、この指先は覚えとる」

そう言いながら、道夫は芳子を触る。いつものことだ。

「お星様の列車はまだかと聞いたな」

情景が浮かんだ。女は背負った道夫に聞かれるたび、快活ともいえる口調で答えるのだ。

「もうちょっとじゃ、もうちょっと」

女の息遣いが荒くなると、道夫は女が可哀相で泣きそうになった。それを察した女はその度に立ち止まり、背中をトントン叩《たた》いてくれた。叩いてくれるたび、草紙を読んで貰っていたり、背負われて海辺を歩いていたり、果物の皮を剥いて貰っていたり、膝に抱かれてうたた寝をしていたり、という曖昧な優しい記憶がよみがえり、安心できた。それらは嘘の記憶であるかもしれぬのに。

女の肩越しに、道夫はだんだん遠くなる地上を見ていた。確かに星屑《ほしくず》を流したような明かりが、土手を取り巻いている。しかし他に乗客はいないのだろうか。

どこまで歩いても、自分達以外の人間には会わないのだった。次第に青黒さは増し、大気の冷たさも鋭いものになっていく。何かの大きな樹の下で、女は激しく肩で息をつきながら立ち止まった。線路の際ではあったが、そんな夜中に走る列車はないはずだ。

「ここが始発駅じゃ」

乳房が、まるで独立した生き物のように波打っていた。道夫は素直に女の背から降りた。樹の下で女は道夫を抱き寄せた。線路がこの世で一番冷たいものの色を湛《たた》えていた。

「寒い。寒い。温めて」

そして女は道夫の名前ではなく、誰か全く知らない男の名前を呼んだのだった。道夫も凍えた。その名前を聞いた時、道夫は凍った。女は胸をはだけて抱いてくれた。それで少しは寒さが和らいだ。

女はもう一度聞き覚えのない男の名前を呼ぶと、道夫をさらに導いた。そして道夫は女の肩越しに、星へ行く列車が近づいてくるのを見たのだ。凍りつく銀の風の波に乗り、列車は真直ぐにこっちへ来た。

「さあ、切符はこの中じゃ」

女は銀色の星の破片を取り出した。それを道夫の手に握らせると、自分の首に当てた。

「隠しとるけん、探してみられえ」

道夫が躊躇《ためら》うと、初めて女は怖い顔をして、強い声を出した。

「乗れんようになってもええんか」

だから道夫は、その銀色の星の破片を必死に女の首に食い込ませ、探った。しかし切符は出てこない。生温かい液体が後から後から湧きだしてきて、道夫の顔や手に降りかかった。

列車はどんどん、近づいてくる。運転手もいない、乗客もいない、ただ青黒い闇だけを乗せた一両だけの列車。しかしその列車は、楽しい楽しい星の国へ行く列車なのだ。

列車が道夫をひき殺しそうになるところまで近づいた時、銀色の星の破片が女の首の中で、カチリと音を立てた。

「あった、あった、切符じゃ」

道夫は、喜びの声をあげた。だが女はもう、口を利いてくれない。

「乗り遅れる、乗り遅れる」

死に物狂いで女を揺さぶった。女の目が虚ろに開いた。そしてゆっくり起き上がった。女は冷えきった胸元をはだけたまま、道夫を抱き寄せる。そこで道夫は安心しきって、何もかも女にゆだねようと身を預けた。

列車の扉が閉まる。まとわりついていた星屑が振りほどかれ、空中に散布された。それがどうしたことか、気がつくと道夫は一人だけ始発駅にとり残されていたのだ。扉が開いて転がり落ちたのだろうか。女はなぜ途中で気づいて、引き返してくれないのか。

道夫は大人になったら、あの女を探しに、星へ行く列車に乗らなくてはならない。

「わしは列車に勤める身になった。望んでなった」

ここまで、その道夫に成り代わって語った芳子は汗を激しく流していた。髪の油の匂いがせせこましい六畳間に満ちた。反対にタミエは汗も血の気も引いていた。

「どこに行ったんじゃろか」

トンネルの中を透かす目付きで、芳子は微《かす》かに微笑んだ。

「わたしを置いて、その女の待つ駅に行ったんか」

タミエは居住まいを正し、いつもの御託宣ならぬ言い訳をしなければならない。

「精進潔斎の時間をもらいます。もう少ししてからまた来てつかあさい。それまでには生き死に……いえ、行方がわかるじゃろうから」

芳子は来た時と同じように、滑りだすような足取りで家を後にした。

冷たい汗をかいていたタミエは、手拭いで首筋を拭《ふ》いた。また父は何処へともなく出ていき、母はぼんやりと蚊を追っていた。

芳子が帰った後、親に「行方のわからなくなった岡山駅の列車ボーイ」の件は伝えた。いつものように親に調べあげてもらう。霊感より足の方が確実だ。現実を凌《しの》ぐ奇怪な力もまたあるにはあるのだが。

「あの女はおかしいで」

帰るなり母は、蚊を叩き潰《つぶ》すような調子で言い放った。列車に乗れるほどの金は持っていないし行く当てもないから、何も心配することはないけれど、父はまだ姿がない。

「おかしいて……そりゃまぁ、真っ当な人はそもそもここに来んからなあ」

母の調べによれば、道夫という名前の列車ボーイは確かにおり、今もちゃんと官舎にいるという。人相風体こそ、芳子の言う通りであったが、きちんと列車に乗っていると確かめられたそうだ。

「居らんようになったのは、列車ボーイの方でなしにその女房じゃて」

ある日突然、道夫の許に転がり込んできた素性の知れぬ女は、「こしらえ映えする女」との評判はなく、ただの「前掛け女房」「手拭いオナゴ」だったと周りの者は口を揃えたという。

ここに来た時はまぎれもなくこしらえ映えする女だったことを思えば、押し掛け女房らしく殊更地味に装っていたのか。

「そんなら……その生活は満ち足りとったんかもしれんなあ」

ふいに、タミエはそんな独り言を呟《つぶや》いていた。揶揄《やゆ》される前掛け女房の方が、大体において真っ当な女として終えられることは見聞きしている。振り返るに、自分はもう前掛け女房にもなれず、こしらえ映えする女にも戻れぬ。

遠ざかる汽笛は女の細い悲鳴のようだ。タミエは今更、失われた華やかな女の日々など懐かしむ暇はない。差し迫っているのは、あの依頼客をどうするかだ。

寄せ集めのがらくたに近い祭壇や神棚ではあるが、とりあえずその部屋の真ん中でタミエは思案する。暑さのせいでなかなか精神も定まらず、亡霊の訪れもない。ただ目を瞑《つむ》って、どこかを走っているはずの列車を追想した。

痩《や》せた若い列車ボーイと、芳子の旦那《だんな》である頑丈な壮年の男とが何故か重なる。重なったのを確かめ、タミエは深いため息をついた。死霊は、まだいない。だが、これから死霊は生まれる。過去の死者ではなく先の死者の手招きは、暗いトンネルの彼方からだ。

再び訪れた芳子は、後れ毛を汗で貼りつかせていた。この前とは違うが、やはりいい着物を着ている。前掛け女房ではない。れっきとした、こしらえ映えのする女。それはつまり、不仕合せな境遇を示していた。

「山陽鉄道ができたばっかしの頃、わたしもあの人も子供じゃった。中国鉄道の七年ばかし前じゃ」

列車ボーイは生きとる。そう告げようとするのを制して、芳子はまくしたてた。

「あの話の種明かしをしようか。辛い話じゃわ。あの人は私生児として出生したんて。実の母親はどんなに問い詰められても頑として父親の名は明かさなんだらしいわ」

この女は今、倹《つま》しい列車ボーイの女房ではない。

「色白で、痩せとるのに肉付きのええ感じをさせる色気のある別嬪《べっぴん》じゃったと」

この女は今、小金持ちの囲われ者なのだ。

「道夫さんの実の母親は、しばらくの間はどうにか道夫さんを養育しとったらしいけどな、次第に心を病むようになって」

裏の路地で子供らが歌っている。簞笥《たんす》長持ち質屋に入れて――。

「母親は我が子を手にかけようとしたんじゃて。道夫さんの同僚に聞かされたわ」

なぜか突き刺さるように、タミエにはその情景が浮かんだ。感応したのだ。死者ではなく、生きた道夫の幼い目に映った光景だ。

山全体、そして自分にもまとわりついてくるような星の群れに、ふと妖《あや》しい誘惑めいたものを感じとる。誘惑とは、ここから下界へ降りたくない、と思わせることだ。何か彼方からやってくるのではないか、という錯覚にもとらわれる山だ。その〈何か〉が星の列車かどうかは、もう一度あの山に登ってみなければわからない感覚だ。

「わたしに、しゃべらせてつかあさい」

タミエは見えないはずの左目を宙に向ける。

「〈銀色の星の破片〉は、幼い子供らしいたとえじゃが、違う。母親は包丁で喉《のど》を掻《か》き切ったんじゃろう」

タミエの言葉を聞いた芳子はだらしなく膝を崩し、壊れた人形のようだった。

「無惨なわあ。息子に手伝わせたらしいんよ」

芳子は壊れた人形の格好のまま、続けた。

「発見された時の道夫さんの手は血塗《ちまみ》れじゃったんなあ。カチリと音がしたというのは、骨に当たったことを表しとるんじゃろう」

実はそれらは、当時の新聞に載るほどの事件だったのだ。父が界隈《かいわい》で噂を聞き込ん

に警察や村人達れた村人達や警察に

できていた。とにかく母親だけが死に、彼は捜索のため駆り出された村人達や警察によって救出されたという。

「そうじゃ。自分だけが列車から転がり落ちたと、道夫さんは繰り返したんじゃて」

皆は、それは恐怖が見せた幻だろうと片付けた。彼の母親は死の世界を星の国とたとえて、そこへ行くことを星の列車に乗ると表したのだ。

「道夫さんの首には相当きつく絞められた跡があったんて。母親が呼び続けたという、知らん男の名前。それは道夫さんの父親の名前なんじゃろ。それを聞きながら、道夫さんは首絞められたんなぁ」

今回は、金はもらえんな。タミエは低く呟く。

この女の混乱なのだ。自分からまた道夫の許《もと》を去り、元の旦那の許に戻った。それが混乱して、道夫の方が自分から去ったように作り替えたのだ。そうすることで、自分を納得させる他なかったのだ。

「待ちんさい。待つんよ」

生きた人間の心の病は、タミエにも治せぬ。

「……そうしたらまたふっと、食堂車かどこかで会えるけん」

芳子の旦那の広吉が来たのは、芳子が金を持ってきた翌日のことだった。

「なんでわしが、手をこまねいて芳子や道夫を放っておいたかわからんかな」

機関車を連想させる頑丈な体軀《たいく》の男は、あたかも狭い家全体を占領したかのようだ。だが威圧的な訳ではない。むしろ物静かな男だった。

「列車ボーイになっとるあいつに芳子を譲ったんじゃ。じゃけん、探したり連れ戻そうとしたりはせんかったんじゃ」

遠くに陸蒸気の汽笛が聞こえる。淋《さび》しい音だ。最新鋭の輸送機関と讃《たた》えられ、文明の象徴とされ、子供らはみな胸ときめかせながら沿線に集まる。

「道夫の母親はわしの父親の囲い者じゃった。腹違いの兄弟なんじゃ、わしらはな」

母が恐る恐る運んできた茶を一息に飲み干して、広吉は何か嬉《うれ》しそうだ。

「その女があねえな事件を起こして、永らく施設にやられとった道夫の消息はわからんかったんじゃが。ひょんなことから、列車ボーイになっとることがわかってな」

それにしても、背後に佇《たたず》む死霊が気にかかる。半透明な死霊は、経帷子《きようかたびら》なのにこしらえ映えのする美しい女とわかるのだ。生霊ではない。明らかな死霊だ。

「その女に似とったんじゃ。芳子はな」

背後の女が揺らめく。あたかも真夏の陽炎《かげろう》のように。

「じゃけん、道夫に見せつけに行ってやった。案の定、芳子に一目で惚《ほ》れ込んだのがわかったな。惚れ込むいうても、甘い気持ちじゃあなかろう。何せ、自分を殺しかけた女に似とるんじゃけん」

しかし、そりゃああんまり良い趣味じゃあなかろう。喉が渇ききり、うまく反論ができないタミエだ。

「まだ新聞には出とらんが」

この男もまた、宿命を楽しむ微笑を浮かべる。

「昨夜、二人が見つかったんじゃ」

鋸《のこぎり》で木《き》を伐るような蟬時雨だ。女の悲鳴のような汽笛だ。人魂のように燃える列車の暗い橙色の明かりだ。

「因果じゃな。芳子はやっぱり駆け落ちはしたが、元の貧乏暮らしに耐えかねてわしの所に一旦《いったん》は戻ったんじゃで」

背後の死霊は何故に啜《すす》り泣く。もう現世に戻れぬからか。こちらの男と死ねばよかったと後悔しているからか。

「星の駅か。確か、大きな樹の下に始発駅があるんじゃろ。そこで待っとったら、星《ほし》屑《くず》のレールを走る列車が定刻にきちっと停まる」

まるで、自分もその場にいたかのようだ。

「芳子も、死の際にあれの名を呼ばなんだんじゃろ」

そんな土手の端に、駅などない。列車は決められた線路と駅だけを走り、停まる。

切符を持つ客だけを乗せるのだ。

そうして終着駅も決められている。それは彼岸にではなくこの地上にあるのだ。

広吉が帰っていった後、しばらくタミエは起き上がれぬほど疲弊した。見立て部屋と称する自室で、真っ暗な夢だけを見て眠った。目を覚ました時、縁側ではいつのまにか帰ってきていた父と母が鼻歌など歌っていた。

「箪笥長持ち質屋に入れて」

母には連れて行ってもらい損ねた道夫は、今度は女房になり損ねた女を連れて旅立ったのだ。極楽だか地獄だかを終着駅にする列車にも、一等や二等といった座席の区別があるのだろうか。それは何で決めるのか。

「乗ってみたいぞ陸蒸気」

二人はさも仲睦《なかむつ》まじげに、合わせて歌っている。万が一にも心中などということになれば、互いに相手が死んだのを確かめてから逃げ出すに違いない夫婦なのだが。

「どこに行くんじゃ」

タミエがふらつく足取りで外に出ようとするのを、父母は見咎《みとが》めた。

「ちょいと、夕涼みじゃ」

ここからは鉄道は見えない。だが確かにタミエは、闇を疾走する真っ暗な列車を見た。それは死者のみが切符を持つことを許された、終着駅のない列車だった——。

岡山ハイカラ勧商場

「栄町《さかえちょう》には、かんしょうば」

埃《ほこり》と砂塵《さじん》と花弁の舞う春の終わりの黄昏《たそがれ》に、子供らの甲高い歌声も混じる。路地裏を駆け抜けていくのは、まだ尋常科の一年生か二年生だろう。姿は見えずとも、歌声の響きでわかる。小さな草履を突っかけた足音の軽さでもわかる。

まだ死霊も生霊も背負っていない小さな背中を思えば、タミエの唇にも微笑は浮かぶ。

「時鐘楼もここにあり……か」

笑い声とともに駆け抜けていった子供達の後を引き取るように、タミエは続きを口ずさむ。あの岡山唱歌が作られたのは明治の三十四年とされているから、もう九年も前のことになるか。それでも廃れることなくああして歌い継がれている。

タミエは塞《ふさ》がったままの左目に、一筋の光を受ける。障子紙の破れ目から射す枯れた光は、すっかり暗くなった狭い六畳間をますます暗く浮かび上がらせる。信心のためではない、演出のための祭壇が陰影を深めて沈む。

あの唱歌が歌われ始めた頃、あの小学生達は赤子であったろう。そうしてタミエの両目は美しく見開かれ、装うことにだけ気を配り、旦那《だんな》であった富裕な商人の宮一を待つためだけの日々を過ごしていた。

勧商場は、東の方では勧工場と呼ばれているらしい。西洋では、デパアトとかマアケットとなるそうな。大きな建物や広場を細かく区切り、その一区画を一商店が売場とするのだ。

岡山一の繁華街である栄町の勧商場は、大阪のそれに引けを取らぬなかなかの規模だった。大きな看板の掲げられた一階の店先は、品物の豊富さ雑多さに比べれば裸電球の灯が侘《わび》しかったが、連れていかれる度に宮一は簪《かんざし》だの帯だのを買ってくれた。

しかし宮一の死後、それらはほとんど質に入れて流したか売り払ったかした。タミエはあの薄暗い橙色《だいだいいろ》の裸電球ばかりを夢に見る。

「タミエ、タミエ、居《お》るんかな」

縁側で呼んでいるのは母親だ。八年前は、そこそこ羽振りのよかった父親に媚《こ》び、良い旦那を得て贅沢《ぜいたく》を約束された娘のタミエに猫撫《ねこな》で声を出し、それこそ栄町や橋本《はしもと》町の勧商場で着物や小間物を買い漁《あさ》っていた。

この母は失われた華やかな過去を惜しみこそすれ、侘しい裸電球など覚えてはおらぬ。父も、いつかあの可憐な女房を取り戻せると信じてか、あの勧商場にそのうち自分の店を出せると酔った時だけ放言する。傍らの女房は冷笑するだけなのだが。

「はぁい、居るよ」

物憂く返事をするタミエは、開いている方の右目をこする。砂塵のせいかむず痒《がゆ》い。しかし塞がっている方の目も、この季節は何とはなしにむずむずとする。

宮一が死出の旅に立つ前に奪っていった左目は、暮れなずむ春を見ることはできなくなった代わりに、ひょいとこの世ならざるものを垣間《かいま》見せてくれるようになった。今も縁側に、血とホルマリンの匂う何者かの影が見え隠れするのがわかる。だが強い念は感じ取れないから、タミエに用事や恨み言があって出てきたのではないらしい。

もう少し気を集中すれば、裏手の路地に夜会巻きの髪だけ艶《あで》やかな女の死霊が佇《たたず》んでいるのもわかる。ともに、おとなしく浮いているだけだ。賑《にぎ》やかでどこか虚しい春の残り香に、少しだけこの世への未練を呼び覚まされたのだろう。

「お父《とう》と出掛けてくるけんな。そう遅うはならんじゃろうから、留守は頼んだで」

父と母が揃って出かけるのは、かつては怪しげな儲《もう》け話や商い話のためであったが、今は違う。「霊媒師」に転身したタミエの仕事のためなのだ。

タミエは旦那と左目を失った代わりに、奇怪な霊能力を得たが、これも妾《めかけ》と同じく甚だしく不安定なものだった。お上に届け出も資格も要らないのはいいが、「絶対確実に当たる」とは証明できぬし、タミエ自身もそんな自信は持っていない。

半ばインチキ、詐欺に近いことは本人がわかっている。それでも途切れず来訪者があるのは、父母に負うところが大きい。

父はそんなに口が巧《うま》いのにどうして失敗ばかりするのかというほど、あちこちで巧みに「タミエの霊能力は本物で、何でも解決できる。死霊も生霊も自在に呼び出せる。先のことも正しく見通せる」と宣伝し、その宣伝はかなりの功を奏していた。

母もまた、容貌《ようぼう》の良さと如才無いしゃべりの上手さで、あちこちの集まりや店先に出かけては警察顔負けの調査をこなし、それをさもタミエの霊能力で知ったものと演じさせれば、大抵の者が驚き怯《おび》え信じ込む。

二人が今しも忙しく出ていくということは、すなわちタミエが商売繁盛であることを示していた。事実、このところ依頼客は絶えない。

春はやはり、そんな季節なのか。特に春は死者が多いという訳でもなく、春にはことさら残虐な死に方が増えるというものでもない。しかしここしばらく、タミエに休みはないのであった。

鉄道や炭坑で働くことを思えば座りっぱなしで楽じゃろう、と言われる。罐詰工場の女工から見れば、ちゃんと髪も結ってきちんと着付けした着物を着て身綺麗《みぎれい》にしておられてええ商売じゃ、と羨《うらや》ましがられる。貸し座敷の娼妓《しょうぎ》達からすれば、売るのは身体でないけえんすり減らんじゃろ、と揶揄《やゆ》される。

いいや。タミエはかすかな憐憫《れんびん》の微笑みを、自分に向ける。

身体は座りっぱなしでも心が黄泉《よみ》の国や異界に迷いこむのはへとへとに疲れる。髪を結うてきちんと着物を着たとしても、死者からは丸裸にされる。それに妾商売の頃も今も、他人《ひと》様に身体をいいようにされることには変わりない。

もう小半時すれば、次の客が訪れることになっていた。タミエは父と母のいなくなった縁側に出て、ぼんやりと荒れた庭を見下ろした。

これが済めば、早く自分も華やぐ勧商場へ行きたかった。宮一が生きていた頃は何度も連れていってもらったことはあるが、今は滅多に行けない。外出が億劫《おっくう》なこともあるが、死者より図々しく猛々しい生者の群れは入るだけでひどく疲れるのだ。

思えばあそこで宮一に買ってもらった物で、手放さずにおいてよかったのは今手にしている紫色の被布だけだ。霊媒師らしい雰囲気を増すために被《かぶ》っているのだが、これほど役に立つ形見はない。

「西大寺町に橋本町……」

ふいに耳元に、弱い吐息がかかった。それは掠《かす》れた歌声だが、無邪気な子供の声ではなかった。さきほど消えたはずの死霊だ。男か女かも定かでないその死霊のために、タミエは続きを口ずさんでやる。

「いずれも商売盛んなり……」

黄昏の中、その死者は閃光《せんこう》に浮かぶ姿を一瞬だけはっきりと見せた。タミエは得体の知れない寒気に襲われた。

今目の前に佇むのは後ろ姿だけの存在で、振り返ればそこにはもう一つの真っ黒な闇が口を開けて哄笑《こうしょう》しているのではないのか。

だがタミエはすぐに納得できた。「魔」なるものはこんなふうにして、案外そっけない出方と消え方をする。人目をはばかることもなく、といって派手に見せびらかすこともなく、ひたすら淡々と歩いてくるのだ。

「歌声が聞こえたんで入らしてもらいました」

消えた死霊の代わりに、庭先に男が立っていた。死霊ではない。生きた男だ。日曜日の客は、どこにも咲いていない花の匂いを身にまとっていた。

「今日のような日曜は大賑わいじゃ。あのカフェーはな」

斎藤《さいとう》と名乗る、タミエと同い歳くらいと思われる依頼客は、薄い口髭《くちひげ》を生やした色の白い優男であった。洋装の似合いそうな垢抜《あかぬ》けた雰囲気だが、何か深みがない。

「あんたも知っとられましょう、栄町にある勧商場の裏手じゃ」

愛想笑いばかりが巧いこの男に、初心《うぶ》な女は騙《だま》されるだろう。

「ああ、岡山ビール会とかいう看板の出とる、あれ」

勧商場より暗い奥の六畳間で向かい合うタミエは、その斎藤の背後を透かす。今のところ妖《あや》かしの気配はない。頭痛のする厭《いや》な臭気も漂ってこない。

「そうじゃ。岡山にしちゃあ、えらいハイカラな所でな」

タミエもそこには覚えがあった。やはり宮一との思い出に沈む場所だ。麦酒《ビール》のコップ売りと西洋菓子、西洋料理の小皿、あの時は確かに誠実だった宮一の涼しげな横顔。タミエは塞がれた片目に痛みを覚える。

「そもそもはそこの主人のなんじゃが。客商売らしゅうない無口な男でな。そいでも気性は真直ぐなええ男じゃ」

宮一もそうじゃった。タミエは言いかけて微苦笑する。

「その嫁さんは愛想のええ別嬪《べっぴん》じゃったが、三月ほど前に死んでなぁ」

タミエは、その噂はちらりと小耳に挟んだことがあった。そこの嫁は酔って相生橋《あいおいばし》から落ちて溺死《できし》したのだという。一応、不審死ということで警察は来たが、特に誰かに恨みを買われてもおらず、一番疑われるその主人も他に情婦がいるだの何だの不穏な噂はなく、嘆きようも演技ではないと近所中の者が口を揃えたため、取り調べられることもなかったのだと。

「事故死で落ち着いて、その後しばらくしてからカフェーも再開してな。主人は何事もなかったように働きょうるし、繁盛しとる。わしも常連客なんじゃが……」

タミエは初めて頭痛を覚えた。だがまだ何の影も映らない。すでに外は暗い。

「主人にも他の客にも見えんというのに、なんでわしにだけ見えるんじゃろか」

半透明のお内儀が、厨房《ちゅうぼう》の中でひっそり微笑んでいるのだという。

主人の横に、生前そうだったようにほつれ毛一筋ないきちんとした格好で佇み、客と目を合わせることも口をきくこともないが、ごく自然にそこにいるのだという。

「最初あんまり自然すぎて、幽霊だのお化けだのには思えなんだ」

だがその女の体を通して背後の洋杯や皿が見えるため、ようやくこの世ならぬ存在だと知れるという。

「主人に言うと怒られると思うてな、よう言わん。じゃけん、ここに相談に来た」

有《あ》り体《てい》に考えを巡らせれば、真犯人はこの優男ということになろうか。だが、タミエはそれは違う、と直感した。この男にまるで何も感じないからだ。

「なんでわしに見えるんじゃ」

斎藤はうっかりお内儀がまだ生きていると勘違いし、話しかけたりする。彼女が返事をしないので、やっとそこでもう死んでいることを思い出す、という。

「わしは生前のお内儀と関係したことやこう、一切ない。邪《よこしま》な想いを持ったことも……いや、これは正直あるが、それは多かれ少なかれ、他の常連客じゃて抱いとったで」

そこで斎藤はふいに立ち上がった。白い顔色がますます白くなっていた。タミエは咄嗟《とっさ》に腰を浮かせたが、斎藤はタミエにつかみかかるような真似はしなかった。

「なあ、今からちょっと一緒に行ってみてくれんか。あんたなら、お内儀さんの幽霊を見られるかもしれん。わしにだけ見えるなんぞ、恐《きょう》てえ。怖いがな」

いつもなら、一旦《いったん》客は返すのだ。そうしてその間に身上を調べるという手間を経てからもったいつけてお祓《はら》いなぞするのだ。だが、斎藤はすでに行く気になっている。

タミエは断り切れなかった。それに幽霊よりもあのカフェーを覗《のぞ》いてみたい気持ちもあった。あそこは死者にも生者にも、美しい場所には違いないのだ。

そのカフェーに着くまで、斎藤は無言だった。少し遅れて後を歩きながら、タミエは暮れた繁華街を懐かしく見回していた。やがて、仄暗《ほのぐら》いカフェーが見えてきた。天井は低いが、忠実に西洋建築を真似た洒落《しゃれ》た建物だ。主人は洋装でなかなかの男ぶりだ。そうして隣には……半透明な婀娜《あだ》な美人がいた。

横の斎藤にではなく、タミエと目を合わせて薄く笑った。やはり半透明な、それでいて澄んだ眼差しだった。

「あんたのことを好きなんじゃわ」

タミエは苦い麦酒の洋杯を口に持っていきながら、斎藤に囁《ささや》く。

客もまたハイカラだ。蝙蝠傘《こうもりがさ》を立て掛け、半袖《はんそで》シャツの洋装の男が麦酒を飲む横で、海老茶《えびちゃ》の袴《はかま》の女学生が父親とラムネを頼んでいる。乾葡萄《ほしぶどう》の入った菓子パンや粉っぽい焼き菓子の甘い匂いは、失われた日々を懐かしいものとして思い出させてくれた。

「なら、なんでわしの家に来ずにここに出てくるんじゃ」

斎藤は、死者よりも恨みがましい目を主人に当てた。

「隣の男は気づきもせんのに」

それでも斎藤はタミエの答えに満足したらしく、すぐに金も払ってくれた。半透明のお内儀は一度ふわりと揺らぎ、それから消えた。隣の無口な主人の前掛けが揺れた。

斎藤とはそれからきっちり一週間経った日曜に再会した。勧商場を覗きに出てきたら、偶然行き合ったのだ。

最初タミエは、斎藤を死霊と間違えた。元々色白ではあったが、それこそ透き通るほどに白くなっていたのだ。

「……お内儀か？　やっと、わしの処に来てくれるようになったで」

裸電球が揺れて、その陰にほつれ毛一つないきれいな髪の後ろ姿が見えた。


母が勧商場で二束三文で買ってきた八角時計は、意外にも正確に時を告げた。蓋《ふた》の硝子《ガラス》に埃《ほこり》と汚れはこびり付いているが、振り子は涼しげな音を立てる。

ちん、と一つ鳴った時、縁側に誰かが立った。紅色のリボンがあまりに鮮やかで、美しい死霊かと間違えた。月曜日、最初の客だ。

女学校を出て郵便局で為替《かわせ》貯金等の事務をしているというワカ子は、簪《かんざし》ではなく紅色のリボンが似合うハイカラな娘だった。いや、すでに結婚しているから娘ではないのだが、それでもハイカラ娘と呼ぶに相応《ふさわ》しい。

タミエは、こんな日向の匂う娘を暗い見立て部屋に案内するのが躊躇《ためら》われた。だがワカ子と名乗った娘は、日向を歩くのと同じ顔で暗い奥の間に入ってきた。

可憐で快活なワカ子を目の前にしていると、タミエは嫉《ねた》ましさも僻《ひが》みもわいてこない。だがここに来たということは、こんな娘にも暗い悩みがあるのだ。

「あの勧商場で、うちの人の教え子が西洋のブリキ人形を買いましてな」

ワカ子は身振り手振りで、その人形を描写する。パラソルをさして赤いドレスを着た西洋婦人と、青い洋服の紳士なのだという。

「うちの人は私が出た女学校の音楽教師をしとります。いえ、縁付いたのは私が郵便局に勤め出してからです」

瞬時にタミエの中で、その一対の人形はその若夫婦に重なった。

「それで、その女学生……サヨさんというんじゃけど、その人形が私ら夫婦に似とる、と言うて買うたらしいんですよ」

そのサヨは手先が器用なようで、木箱や端布《はぎれ》を組み合わせて、その人形のために小さな家までこしらえたそうだ。それほどまでに大切にしている西洋人形は、螺子《ねじ》を巻けば共にカタカタと歩くのだという。人形も夫婦も共に美しいのだろうと、透視はせずともタミエにはわかった。

それと、サヨなる娘が、可愛らしい女学生の乙女心だけでその人形を買ったのではないことも。

「私にとっても後輩じゃし、主人には教え子でしょう。そのサヨさんがちょっと寝付いたことがあって、見舞いに行ってその人形見せてもろうて」

嬉々《きき》として人の悪口を言うような性質でないワカ子は、苦しげに続けた。そのサヨは大変な醜女なのだと。

「なんというか、牛、に似とるんよ。もっさりと大きゅうて鈍重な感じで」

良い気性の子ではある、と慌てて付け足した。学問も良く出来る、とも。

「私の気のせいじゃと思いたいんよ。なぁタミエさんじゃったか。昔々から、呪う相手の藁《わら》人形をこしらえて五寸釘《くぎ》を打ち込むというのがあるじゃろう」

閉めきってあるはずなのに、紅色のリボンはふわりと揺れた。

「私、家でも郵便局でも、変な転び方したり急に頭を殴られたように痛うなったりすることが続くんよ。もしかしてサヨさんが、あの人形を私に見立てて何かしとるんじゃないんかと疑えて仕方ないんじゃ。いや、気のせいだけじゃない」

何もない処で転んで膝《ひざ》に痣《あざ》を作った翌日、サヨの見舞いに行ったのだという。そこで見た「自分に似た人形」は、明らかに膝をどこかにぶつけて塗料が剝《は》げていたという。

「恐てぇのは……怖いんはそれよりもっと他にあるんじゃわ」

その簡素な人形の家の前に、なぜか牛の焼き物が置いてあったという。

「吉永《よしなが》の方にある牛神社から持ってきたんじゃと思うわ。あれは農耕の神様のに、あねぇな使い方をしたら、それこそバチが当たると思うんじゃけど」

土色をした備前焼の小さな牛。他の人間が持っていれば、ただのお守りと思うだろう。だがサヨにとっては違う。

サヨは意地悪な同級生達に、「牛」と陰口を叩《たた》かれ、時には面と向かって言われているのだから、自身が牛に似ているのはよくわかっているはずなのだ。

「それをわざわざ、枕元に置いて。ぼっけぇ無邪気に、『このパラソル婦人がワカ子さん。この西洋紳士が先生。この牛が私じゃ』と言うんよ」

タミエははっきりと寒気を覚えた。仕合せな夫婦を低い位置から恨みがましく見上げる獣。元々は農耕の神の使いなのだ。それがそこでは不吉な黒い影となっている。

「サヨさんがあんまり無邪気に言うもんじゃけえ、私も主人もどう答えてええかわからんかった」

罰当たりな、とタミエは呟《つぶや》く。本来は神聖な神の使いを、サヨは自分の醜さに重ねているのか。

「主人も最近、おかしげな夢を見るというんよ。玄関の外にいつも誰かが居るような気がするて。牛の化け物の夢を見るて」

うちの主人は人がええけん、とワカ子は苦しげに眉《まゆ》を顰《ひそ》める。

「まさかサヨさんが呪いをかけとるとか、人形を変なふうに見立てとるとか、全然思いもよらんらしいんよ」

こんな愛らしい娘が人を恨んだり憎んだりは、タミエとしても気が重くなる。だから、これからそこに行ってくれと頼まれた時、すぐにうなずいてしまった。

「大丈夫じゃわ。近くに寄ったけん友達を連れて立ち寄ったとでも言やあ、入れてくれんはずはない」

まだ何も透視できないままに、タミエは連れていかれた。市内のほぼ中心地にあるサヨの家は相当に立派な二階建てで、サヨなる娘は確かに牛に似た不器量な娘ではあったが、不自由のない育ちをした者に特有のおっとりした娘でもあった。

人形を見たい、とタミエが告げれば、ややおどおどした素振りは見せたものの、素直に和箪笥《わだんす》の上からそれを持ってきてくれた。

繊細な、しかしただの木箱でしかない人形の家。美しくはあるが、生命のないものとして作られた人形達。その人形をタミエはじっと凝視する。

パラソル婦人に西洋紳士。そして牛。確かに、パラソル婦人はあちこちに傷があった。残留思念もわだかまっていた。

「大丈夫でしょう」

だがタミエは帰路、朗らかにワカ子に告げたのだ。

「あのサヨさんは、一方的に想うのがお好きなんですらぁ」

紅色のリボンが、不自然な揺れ方をしていた。もしかしたらサヨがまた、人形に何かをしているのやもしれぬ。だが、それだけだ。

「牛を部屋に入れて、パラソル婦人を家の外に出しはしませんて。安心しんさい」

娘じみた絵絣《えがすり》が似合ってしまう母ではあるが、首筋の衰えは隠せない。また勧商場をひやかして帰ってきた時、汗は首筋の皺《しわ》に溜《た》まっていた。

「呆《あき》れたで。何でもある勧商場いうてもなぁ、××教の集会所まであったで。神様も客を引かんとおえんのかいな」

縁側に出て母の隣に腰掛けるタミエは、すでに晩春というより初夏に近い風の行方を追う。わたしもいっそ勧商場の一画を借りて客を取ろうか、と言いかけてやめた。

のっそりと大柄な男が、伸び放題の雑草を踏みしめて入ってきたからだ。母は即座にタミエの客と見抜き、華やいだ、しかし心のこもらぬ笑みを浮かべた。

火曜日最初の客は、妖《あや》しい神様に導かれてやってきた。

「田舎でも街でも、そいからこの国でも余所《よそ》の国でも」

奥の間に通したら、部屋いっぱいに塞《ふさ》がる感じだ。顔も厳《いか》つく、これでもっと日焼けしていれば精悍《せいかん》な瀬戸内の漁師のようであろう功太《こうた》は、意外に声は優しく小さかった。

「いつでもどこでも、ガキは残酷いうことじゃ」

あまりタミエと目を合わせようともしない。見かけと裏腹に気は弱いのだ。まさに、似非《えせ》の神様に袖《そで》を引かれてしまう典型の男だった。

「イクは身体は大人じゃけど、頭の中は子供のまんまでな」

その功太が語るには、子供の頃からそのイクという娘を虐《いじ》めるのは娯楽だったらしい。年齢は自分と同じだったが、イクは自分達と同じようには成長できなかった。

「親も居《お》らんで婆さんだけじゃったし。それに……その婆さんがあの××教に凝っとってな」

母も吐き捨てるように言っていたが、それは新興の奇妙な宗派で、熱心な者は熱心だが忌み嫌う者も多かった。現世利益ばかりを求める、業突《ごうつく》張りの神様じゃ、と。母も現世利益ばかりを求めているが、相手が神様でも似たものは小面憎いらしい。

なんでもそのイクの婆様は、その教団ではかなりの地位にあるらしかった。

「そねえなことは、どうでもえかった。わしら、神様なんぞ信じんけんな」

ぼんやりと、そのイクという娘がタミエの網膜に像を結ぶ。稚い心と顔に比べて不均衡に成熟した体軀《たいく》は、確かに男の目を引き付けるだろう、と。ぼんやりその背後に映る影は得体の知れない神様か婆様か。いずれにしても、暗い影だ。

「じゃけん、いつぞや村外れで何人もの男に悪さをされた時も、イクの方から誘うたんじゃと噂された」

　イクのその時の気持ちが、ふいにタミエの中に雪崩《なだれ》込んできた。

「イクはさんざん嬲《なぶ》られただけじゃなしに怪我までさせられたのにのぅ」

哀しみや恐れよりも、薄墨色の空と真っ黒な立ち木と烏の鳴き声が降る宵の風が痛かった。イクは藪蚊《やぶか》と乱暴な男どもにたかられ、血を放出した。

「それで妊《はら》んだんを、本人も婆さんも臨月まで気がつかなんだというんじゃから、つくづく可哀相な女じゃ」

　生まれてきた赤ん坊は男の子で、いったんは施設に預けられたが、すぐに婆さんが引き取って育て始めた。その後しばらくは、イクも婆様と一緒に妙ちきりんな神様を拝みながら、どうにかその子供の面倒を見ていたらしい。

　やがて父親がどこの誰とも知れぬその子が乳離れすると、イクは功太の家が商う八百屋を手伝いに来るようになった。

「わしは……来たその日に、惚《ほ》れた」

てきぱきというわけにはいかないが、黙々と一所懸命に働くその姿には、功太だけでなく、功太の親も心打たれたという。

「性根の悪い娘かと心配しとったが、ええ子じゃがな」

「そうじゃな。あの子供さえ居らなんだら、すぐに相手も探してやれるのにのぅ」

親の声色を使って話す功太は、やがて背中に着物を汗で貼りつかせた。

「イクはわしが昔さんざん虐めたことも忘れたか、わしにもええ顔を見せてくれるようになってな」

笑顔は時として、恨みがましい顔よりも怖い。そんな怖い女を、功太は抱いたのだ。

「……イクは抗いも悦びもせんかった。ただ、わしの肩越しにじいっと月を見とった。恐らくあの夜みたいにじゃ」

タミエも功太の肩越しに月が見えた。冷え冷えとした色だった。

「それから間もなしにイクの婆さんが死んだ。わしは親にきっぱりと言うた。イクと所帯を持ちてえ。無論、あの子供も引き取るてな」

親は最初反対したが、手に負えぬ悪童だった功太が真面目に八百屋を継ぐ決意でいるのを見て、やっと許してくれた。今はイクとその息子とも仲睦《なかむつ》まじいそうだ。

それで終わりなら、めでたしめでたしでここに来ることなどないはずなのだが。

「わし、子供と初めて会う前、信じてもおらんイクの神様に祈ったで。……そうじゃ。

あの祭りの晩、イクを襲うた男の中にはわしも混じっとった」

すでにタミエは、そのことは直感していた。刹那《せつな》、イクのその時の気持ちと同調した時に、功太の体臭を懐かしいものとして嗅《か》いだからだ。

「子供はほんまにわしの子かもしれん。イクはまさかわしがあの時居ったとは思うとらんが」

いや、イクは何もかもわかっている。タミエは確信した。背後に淫猥《いんわい》な神様がいて笑っている。左目がちりちりと痛んだ。

「頼む。あんたの見立てで、わしの子かどうか当ててくれ」

いつものように一旦《いったん》功太を帰した後、タミエは母に相談した。母は素早くその八百屋に出向いて子供の顔を見てきてくれたが、功太に似ているとも似ていないとも言えないとのことだった。

「顔立ちはええが、妙にませた厭《いや》な感じがしたな」

それを聞いて何やら気の急《せ》いたタミエは、こっそりと自分でもその八百屋を覗《のぞ》きに行ってみた。

店先に大きな見覚えのある背中を向けて、功太が立っていた。その向こうに子供がいた。タミエはひんやりとした夜気に震えた。

点《つ》けても消しても同じの暗い吊りランプの下、子供は確かにタミエに笑いかけたのだ。功太には少しも似ていない笑顔だった。

「婆様とおっ母《かあ》の信じる神様は、嘘つきなんじゃで」

新鮮な野菜とやや腐臭の漂う野菜屑《くず》、そうして賑《にぎ》やかな客と忙しげな功太の景気のいい掛け声と。それらのざわめきの中から、その子供の声だけは鮮やかにタミエに届いた。

「ほんに、子供は残酷なもんじゃ」

タミエは帰路、呟《つぶや》いた。まったくもって、そこいらの凡庸な神様など太刀打ちできぬほど、子供は大人をもてあそぶ。

「ここは昔、お寺じゃったらしい」

タミエは勧商場には何度も来たが、二階には上がったことがなかった。一階は土間で通路を幾つか挟んで店がひしめきあっているが、二階はだだっ広い畳敷の広間があるとは知らなかった。

それと、いつも見立ては自宅の自室で行なうのに、いきなりその現場に連れていかれたのも困惑する。ただでさえ母に、威厳、はったりがもっと要るじゃろうと怒られているタミエだ。勝手の違う余所《よそ》の座敷では尚更おどおどとしてしまう。

今日が水曜日だから、というのは関係がないのだろうが、そこは水底にも似た冷ややかで静かな気配があった。また、この依頼客である吉田《よしだ》という初老の男が、物腰も柔らかだし痩身《そうしん》なのに妙な威圧感がある。タミエは子供の頃に恐れた修身の教師を思い出していた。

「はぁ、そりゃ知りませんでした」

タミエは紫色の被布で、左目だけでなく顔全体を隠したい気持ちで座敷の真ん中に座った。吉田は立って窓から下の賑わいを眺めながら、まさに教師の喋《しゃべ》り方をする。

「天保《てんぽう》の頃に全焼したんじゃ。その後、改築して旅館になって、今は勧商場じゃ」

タミエは右目もつぶる。阿鼻叫喚は聞こえてこない。炎も追体験はできない。

「わしは内山下で料理屋をやっとるが、ここの二階も借り受けて商いをすることになってな。それを或《あ》る女に任せることにしたんじゃ。早い話、妾《めかけ》じゃ」

珍しい話ではない。ふとタミエは生温い女の体温を感じた。天保の昔に焼け死んだ女でもなく、その妾でもない。もっと皮膚をひりひりと刺すような女だ。

「怯《おび》えるんじゃ。その妾がな。普段は気丈な負けん気の強い女子《おなご》なんじゃが」

気丈で負けん気が強いのは妻の方だ。唐突に、タミエは確信した。

「先日、二人してここに泊まったんじゃ。わしは面白がって恐てえ話をした」

本当に恐てえ話はしなかったのだろう。例えば本妻の悋気《りんき》とか、多額の借金をしてここに店を開くのだとか。

「天保の頃、ここらは大飢饉《ききん》に襲われてな。餓死者は、皆ここに埋めたんじゃで。合同で慰霊祭もしとる」

元は貧苦に喘《あえ》ぐ農家の出である妾は、気丈とはいえそのような話には弱かったのだ。岡山市はそこそこの暮らしぶりの者が多いとはいえ、近隣の農村の者にとってそれは遠い天保のお伽話《とぎばなし》などではなかったのだろう。

「記録によると何百人という数でな。まぁ、それねえな話をしてやった訳じゃ」

妾と人目を忍んで寝る夜に、なぜわざわざそんな話をするのか。タミエはその妾の気持ちに同調し、かすかにこの男を憎んだ。ましてやだだっ広い何もない部屋だ。燭《しょく》台《だい》だけでは少し離れただけで互いの顔すら確かでなくなる。

「ふいに、冷えた風を感じて顔をあげた。枕元の灯りだけの暗い部屋の中で、わしと妾は同時に襖《ふすま》の方を見た。何も見えんのに見たんじゃ」

だが吉田は、淡々と怪異を語る。本人が気弱な物《もの》の怪《け》のように、タミエには背を向けたままだ。なるべく振り返らずにいてほしかった。すでに部屋は暗い。隅には早い闇がわだかまる。タミエは鳥肌を立てた。

「襖の向こうから、何かが入ってきた。目には見えん、風のようなもんじゃ。それなのに確かな意志を持った生きものじゃった」

ひどく生臭く冷えきったそれは、今しもタミエの背後に回り込んできたところだった。

「これを見てくれ」

ふいに、吉田は振り返った。着物の袖をまくりあげる。ぼんやりと白い肌だ。そこにくっきり歯形があった。自分では噛《か》めない位置に赤黒くついている。

「無論、妾に噛まれたんじゃあない」

タミエはそろそろと近付き、それを凝視した。獣でもない。紛れもない人間の歯形だ。大きさからすれば女。そうして、……八重歯のある女だ。

「幽霊の仕業にした方がまだよかったけんな。妾にゃあ、天保の餓えた者どもが肉を食いとうて来たんじゃと説明した。無論、笑ってはくれなんだがな」

霊能力者でなくとも、八重歯を持つのはこの男の本妻だろうと見当がつく。

「生霊を封じるんは、ぼっけえ難しいことですらぁ」

取り敢えず今日はこれで帰して欲しい、とタミエは頼んだ。

「死霊より厄介な生霊ですけん」

それに今日は調子が悪く、さっき感じた妖《あや》かしの影ももうどこにもない。がらんとした家具も何もない広間は、四方に無限に広がる錯覚を起こさせる。自分までが虚空に消え入りそうになる。

「開業は迫っとるけん、なるべく近い内にまた会うてつかあさいよ」

剝《む》き出したままの腕から、血が滲《にじ》んでいた。歯形は確かに笑う形についていた――。

精進潔斎、と称する期間だが、いつも通り父母に依頼客の身上を探らせているのだ。

「お内儀には八重歯なんぞ生えとらんそうじゃで」

母は早速勧商場で親しくなった商店主らから、「二階で開業」する料理屋のお内儀や妾の話を聞き込んできた。だが、それは意外なものだった。

「無論、その妾にもじゃ」

すでに一階に厨房《ちゅうぼう》が用意され、皿や調度の類いが運び込まれ出してから、タミエは吉田に再会した。店構えは立派で、女達も躾《しつけ》が行き届き、妾は装いを凝らしていた。

だが、地獄草紙の餓鬼そのままの異形の者達が、嬉《うれ》しげに窓や戸口に張りついている。

「お内儀さんの嫉妬《しっと》の生霊じゃあないようですらぁ」

ため息をつきつつ、タミエは告げた。

「……天保の餓死者の霊じゃ」

ところが吉田はそれを聞いても、嫌な顔はしなかった。むしろ嬉々《きき》として、辺りを見回している。霊能力などないはずなのに、この商売上手の男は腹を減らした餓鬼どもの気配がわかるのか。

「ほう、餓鬼どもが取り囲んどるか。まあ、他の客に見えんのなら、ええ。ここに来た者は食うても食うても腹が減る、ということになりゃあ、こっちとしては商売繁盛じゃ。開業してよかったで」

だからタミエは、もう一つ感じたことをなかなか言えなかった。美しく装った妾の口元から、今までなかった尖《とが》った歯がのぞくようになっていることを。

タミエの許《もと》には季節も朝晩も問わず、様々な客が訪れる。霊媒師として頼ってくるのだから、心身ともに不安定な、追い詰められた者ばかりだ。老いも若きも男も女も生霊も死霊も。

だから、犯罪を犯す者とて例外なくやってくる。

今までに何人かそんな客があり、岡山県警の訪問を受けてあからさまに胡散《うさん》臭い詐欺師扱い、時には共犯者扱いされたことも一度や二度ではない。

「前は妾商売じゃったろう。器量で売れんなったから今度は祈禱師《きとうし》か」

そう蔑《さげす》まれるのも毎度なので、もう一々気にはできぬ。すっかり逞《たくま》しゅうなって貫禄がついたと、父母には微苦笑混じりの誉められ方もする。

だが、警察署に呼ばれて、自供するよう口添えしてやってくれと頼まれたのは初めてで、これは相当に驚いた。木曜の昼下がりだ。

勧商場でも話題になっていた、舶来小物を扱う小間物屋の娘が、「評判の霊能力者のタミエさんが来てくれたら話す」と言ったそうだ。

タミエはその刑事と何度か面識があったため、異例のことではあったが取り調べの部屋に通された。

西洋式の椅子と机とがあるだけの薄暗い部屋に、どこか尋常でないが美しい娘は悪漢に捕えられた姫のような風情で座っていた。

タミエに気がついた途端、目を輝かせるというよりは妖しく光らせ、唐突に声を張り上げるのだ。おまけにその内容は、訳のわからぬお伽話であった。

「西洋のお伽話にはようあるじゃろ。宝物を探す波瀾《はらん》万丈の旅に出たら、釣り上げた魚のお腹から金剛石が出てくるとか」

何やらこの娘が痛ましく、タミエは精一杯の優しい言葉をかける。

「ああ、わたしも不思議実話集とかいう本で読んだわ。落とした指輪が罐詰から出てきたとか、置き去りにした猫が荷車の荷台に乗って帰ってきたとか。世の中には、本当にお伽話みたいな話があるんじゃなぁ」

だがこの可憐な娘は、悪漢にさらわれた哀れな姫ではない。

隣国から阿片を持ち込んで捕まった娘は、情夫である元締めの男を刺し殺していた。

顔が無邪気だからとて、喋《しゃべ》り方が愛らしいからとて、油断はならんということじゃ。

傍らに立つ刑事は囁《ささや》く。

「躊躇《ためら》うことなしに、出刃包丁を心の臓に突き立てたんじゃからな」

しかしあくまでも愛らしい娘は、傍らの刑事などきれいに無視する。タミエにだけ、朗らかな口調で話しかけてくる。

「ふふ。あら、こらえてつかあさい。笑うたりして。こんなお伽話があったわ」

それは間違いなく、ただのお伽話ではない。自分の身に起こった事実を語ろうとしているのだと、タミエはまるで刑事にでもなったように緊張した。

「ある国の王様と王妃様が、悪魔に連れ去られたお姫様を探すんよ。王様は、魔法の鳥を使うて探すんじゃ。魔法の鳥は風に誘われて、遠い見知らぬ国まで飛んでいく。そうして、魔物に囚われていたお姫様を捜し出すんよ」

あんたは悪魔に魅入られたかもしれんが、さらわれたんでなしに自らついていったんじゃろう。タミエは胸の内だけで呟《つぶや》く。

高い窓の外で、甲高い鳥の鳴き声がした。おそらく真っ黒な不吉な鳥だ。

「しゃあけどその時お姫様はもう、悪魔と通じとったんよ」

やっぱりな。タミエは軽くうなずく。ところがそこで、痺《しび》れを切らした若い刑事が割って入ったのだ。タミエは舌打ちした。

「いや、お伽話は後でゆっくり聞かせてもらうけん。あんたはただ、情夫じゃった男を刺したことを認めてくれりゃあええんじゃ」

いつになく強い調子で、タミエはシッと指を口に当てて刑事を制した。普段なら、そんな胡散臭い女にたしなめられたくらいで言うことをきく刑事ではなかろうが、ただならぬ雰囲気に気圧《けお》されたか黙りこんだ。

「お姫様には、毒が回っとるんよ。しゃあけど、それはとてもとても美味《おい》しい毒で」

冷えた静けさの中、タミエは透視する。色男であった情夫。なるほど、激しく惚《ほ》れられるか激しく憎まれるか、それしかなかったであろう男だ。

「揉《も》め事は、阿片の売買に関することなんか？　それとも……」

ようやく年配の方の刑事がそっと聞いた時、舞台女優のような身振り手振りを交えた発声で、娘は喉《のど》を鳴らした。

「それから魔法の鳥は、砂漠に降り立つんじゃ。辺りには、錆《さ》びた星屑《ほしくず》がいっぱい落ちとるんよ。足の裏に刺さって痛い」

痛ましくて、タミエは目を逸らす。実直そうな娘の父親の姿を思い出す。丁重で感じの良い接客だった。売っているものも良かった。

「あんたが元は良家のお嬢さんで、被害者によって麻薬の運び屋にまで転落したのは、気の毒なことだと同情するで」

それは充分に考慮する。じゃけん話してもらえんか……、と刑事は続けた。

「わたしはただ、鳥を追い返そうとしただけじゃ」

娘はきっ、と強い眼差しを刑事にではなくタミエに向ける。タミエは勧商場の鳥屋の息子の噂を思い出していた。

あの若者はこの娘に惚れていたという。ただ、外見が冴《さ》えないためにこの夢見がちな娘は見向きもしてやらなかったのだそうだ。

あの鳥屋の男と恋仲になれば、こんなことにはならなかったろう。

「ああ、落ち着かんか」

タミエは同情と憐憫《れんびん》のこもった目を向ける。確かに、この娘の背後には鳥が飛んでいるのだ。愛らしい雀でもなく平和の鳩でもない。といって不吉な鳥でもない。

「それだけじゃ。鳥が悪魔を襲ったんじゃ。鳥はわたしをもとの幸せなお城に連れて帰ってくれようとした。しゃあけどわたしが鳥を追い払うた」

後悔している、ということを暗に告げているのだろう。あの鳥屋の息子の許に入っていけばよかったのに、それをしなかったためこうなったのだと。

取調室の窓を覆う暗い影。けたたましい羽音。鋭いくちばし。

「お姫さんは悪魔と一緒に居りたかった。そんだけじゃ」

タミエは意識を窓の向こうに飛ばす。殺された男は白い鳥の背に乗っていた。血は脇腹から滴ってはいたが、この娘を恨む思念は感じられなかった。

「成仏されとるよ」

タミエは、そっと告げる。白い鳥に乗っとる、と。鳥屋には売っていないし、この地上では見ることのできない極楽の鳥なのだと。

娘は突然立ち上がって、窓を見上げた。それから放心した表情で椅子に崩れ落ちると、静かな声を出した。正気に戻った、落ち着いた口調であった。

「何もかも言いますで。こらえて、つかあさい」

　インチキ霊能力者と罵《ののし》っていた刑事達も、丁重にタミエを送ってくれた。タミエは家にはすぐに帰らずに、勧商場に立ち寄った。

娘の親は店を閉めている。鳥屋の青年はそこにいた。鳥籠《とりかご》の鳥がみな真っ黒に見えたのは、黄昏《たそがれ》のせいなのか——。

　数えてみれば、勧商場にまつわる客ばかりが立て続けに訪れた。ただでさえ何かの予感を抱かせる、朝焼けの鮮やかな金曜の朝だった。

「勧商場で洋品店を出しとるのを知っとられますじゃろか」

　どこかおどおどとした小動物を思わせるが、不快ではなく憐れさを誘う娘がやってきた時、タミエはつぶったままの左目にも眩《まぶ》しさを感じた。

「伯母《おば》がやっとりまして、わたしは手伝いで売り子をしとります。早うにすみません。これから店番ですけん」

親戚《しんせき》の何人かが商いをしているため、そこを順繰りに手伝っているのだという良子《よしこ》は、岡山では富裕な家の娘が通う女学校を中退したのだと語った。

それは経済的な事情ではなく、勉学についていけなくなったからでもなさそうだった。不貞腐《ふてくさ》れている訳ではないのに、何かすべてに中途半端というか投げ遣《や》りな感じなのだ。しかしこのおどおどした様子では、器用に男を渡り歩くこともできぬだろうから、それで身を持ち崩す心配はなさそうだ。

職だけではなく何をさせても続かないというのがすぐ見抜かれるのは、困ったものだろう。しかしここに来たということは、「まぁ、ええわ」で済まない何かがあるのだ。

「ハイカラな勧商場じゃし、しかも扱うのが舶来の服じゃ。嬉《うれ》しいというより、恐《きょう》てかった。わたしに務まるんじゃろうかと……」

見たところ、背後に厭《いや》な影もないし顔色も悪くはない。タミエは、奥の仰々しい祭壇や神棚のある部屋に連れて入るのが躊躇われた。元々、母が殊更に演出をするために整えた調度品だ。その母がいない今は、明るい縁側で話した方が良かろう。

「店は一階の一番奥じゃ。簡単な畳敷の着替え室まで用意しとる。着物と違うて洋服はいったん着にゃならんけん。上から布を垂らして人目からは隠しとるんじゃけど、膝《ひざ》から下は覗《のぞ》けるんよ。しゃあから、女はあまりそこを使わん」

そこで良子は、膝の上で拳《こぶし》を作った。小動物の怯《おび》え方だ。

「わんわん客が来るような店じゃあねえ。というて、ぼんやりばかりもしておれん」

ふわり、とタミエの見えないはずの左目の前で何かが揺れた。

「わたしとて、そうそういつもぼんやりしとる訳じゃないんよ。なのに、気がついたらいつの間にか、着替えの掛け布の向こうに誰かが居ったんじゃ」

象牙《ぞうげ》色《いろ》の柔らかな色と手触りの何かだった。かすかな残り香が鼻先に纏《まつ》わった。

「膝から下は覗けるて言いましたでしょう。それが、見えんのですわ。確かに誰かがそこに居るのに、膝から下がない。これって……幽霊なんかな」

良子はそれを雇い主でもある伯母に告げたところ、大変な勢いで怒られたという。

そねぇな気色の悪いもんがなんでうちの店に出るんじゃ、と。

「わたしが怠け病じゃというのは、親類中が知っとるけんな。また辞めとうてそねぇな妙な言い掛りをつけるんじゃと、親にも怒られた」

良子は、手をついた。今日これから一緒に店に行ってくれと。そうして着替えの場所を見てくれと。

困るとは言えず、タミエはその象牙色の何かに頬をなぶられながら、勧商場へと向かわされた。賑《にぎ》わう勧商場で、軽い目眩《めまい》を覚える。片目を失ったばかりの頃は、とかく人混みが怖かった。

今も好きではないが、人を避けて歩くことはできる。異界の者はさらに簡単だ。向こうから避けてくれるし、ぶつかったとて怪我も何もない。

天井は高いが各売場にそれぞれ裸電球が一つ下がっているだけなので、二つ向こうの売場はよく見通せぬ。せせこましい通路を擦り抜け、呼び声を飛礫《つぶて》のように受け、二人は奥へ奥へと進む。

すでに良子の伯母はいて、荷を解いて店開きをしている。縄を渡して洋服を吊るし、畳敷の一段高い陳列場にも洋品を並べてある。西洋女のような大柄で派手な雰囲気があった。なるほど、これでは一緒にいるだけで良子は虐められる役割を与えられるだろう。タミエは少し離れた所から観察した。

「すまんけど、伯母さんは霊媒師だの幽霊だのがぼっけぇ嫌いなんじゃ。関わりのない人の振りをして見てやってつかあさい」

伯母さんとやらにさっそく良子は何やら叱責《しっせき》されているふうだが、声までは届かない。例の着替えをする掛け布で仕切られた場所を、タミエは凝視した。

ふいに耳元で、楽しげな歌声が聞こえた。周りの人々の中の誰かではない。直接、耳朶《じだ》を震わせた。そうして掛け布がふわりと揺れ、タミエは確かに隙間から女の手が出たのを見たのだ。

ざわめきの中、そこの音だけが掬《すく》いとられたように耳に届いた。衣擦れの音、脂粉の匂い、艶《つや》っぽい含み笑い。あの掛け布の向こうには女がいるのだ。

しかし超然とした伯母と、接客をさせられている良子は、今そこを見ていない。

それにしてもなんという白く美しい腕だろう。あれはここらの者の腕ではない。働いたことのない女の手だ。タミエは咄嗟《とっさ》に、吊るしてあった象牙色のシャツを入れてやる。

その女の手は一度引っ込み、それから象牙色のシャツを優雅につまんで再び現れた。ぱさり、と落ちた音に目を覚ました気にさせられる。女の手はなく、気配すらなく、ただ象牙色のシャツだけが床に落ちた。タミエは呟《つぶや》く。

「やっぱり、似合わんと諦めたんじゃろ」

――それから一度、あの店を覗いてみた。良子はてきぱきと客をさばき、別人めいていた。あの伯母が縮んで見えたほどだった。

タミエが声をかけると、良子はかすかにはにかみながらも言い切った。

「あの手の女と仲良しになって、似合う服を見立ててやりたいんじゃ」

それがいいことなのか悪いことなのか、いまひとつタミエには解りかねるのだった。

「最初、わしはそれを『魔の場所』なんじゃと思うとった」

土曜日の客は、人の良さそうな実直そうな町役場の男だった。おそらくこの一週間のうちに来た客の中では、最も近所での評判がいいと思われた。意識してそうなるよう努めたのではなく、どこに行ってもそんなふうなのだろう。

それはこの三田《みた》と名乗る壮年の男が、何事にも執着ということをしてこなかったからだとタミエは見て取った。

まさに役場の仕事のように、与えられたことだけを過不足なく正しく片付け処理し、感情を込めたりなぞしなかったからだ。

こんな男は死霊生霊ともに関わりはないはずだ。だが、ここに来てしまった。皮肉なようだが、優秀な役人である彼は素早く「処理できぬ怪異」は「専門家」に任せるべきと的確に判断したのだ。

母親も三田には好感を持ったようで、勧商場で買ったとっておきの珈琲液を奥の部屋まで運んできて愛想を言ったほどだ。三田は丁寧に、苦い珈琲液を飲んだ。

庭先では、父が草を刈り出した侘《わび》しい音がする。死霊の足音にも似たざくり、という刃物の音だけが静けさに切り込む。

「栄町の勧商場。知っとりましょう」

タミエは薄く笑った。この一週間はとかく勧商場と関わった。最後の日もやはりか。

「わしは、阿呆《あほ》らしいと信じんかったんですらぁ。怪しげな読み物や噂にある、住む者みなに不幸が訪れる家じゃとか、自殺者がやたら多い橋の下とかな」

悪意や負の思念が溜《た》まりやすい居場所は確実にあるのだが、それは行き当たった人間に同調して初めて魔を発揮する。

「そういう魔の場所は間違いなしにあちこちにありますけぇど、平気な人はまるで平気ですけんのぅ」

この三田のような男は、死霊が立ちふさがっていてもあまり影響は受けないはずだが。

「外の掃除をする者が何人か居りましょう。屋根の下の店はそれぞれそこの者が掃除をするけぇど、往来は雇われた清掃人がまかされとる」

タミエもなんとはなしに思い浮かべた。大抵が頰かむりをした老人か老女だった。ひたすらに下だけを見つめ、黙々と竹箒《たけぼうき》を動かす、昼でも影絵のような清掃人達。

三田が言うには、その中に一人だけどうしても気になる女がいると言う。

「別嬪《べっぴん》とか若い娘というんじゃない。地味な初老の女じゃ」

恋しい、という表情ではなかった。

「しゃあけどわしは、一日一回はそこへ行ってその女を見ずにはおれんのじゃ」

そもそも初めてその女に会ったのは、岡山市役所の役人を迎えに駅まで出たが、彼としては珍しく時間を間違えて少し早く来てしまったため、勧商場をひやかしてみることにした時なのだという。

「いや、話をしてえとも思わんし、身元を知りてえとも思わん。ただ、気になったんじゃ。初めて会《お》うた時から、こいつはわしを待っとったと確信した」

三田はその時、賑わう人混みをかき分け、様々な店先を覗き、幼い頃の縁日気分を味わった。その時ふいに、シャッシャッという竹箒の音を聞いたのだという。

そちらを向いた刹那《せつな》、三田は言い様のない動悸《どうき》を覚えたという。

「わしは、知らん顔しときゃあよかったんじゃ」

それから彼は度々、用もないのに役場の帰りに勧商場へ向かうようになった。「女でもできたんじゃないんか」と口さがない同僚達にからかわれもした。それを聞いた女房に問い詰められもした。

彼は困った。情婦などというのではなく、恋うる女でもない。だが、女に会いに行くといえばそれはその通りだからだ。

「しゃあけど、この女に関わってもいけん、と直感した」

拳が震えていた。怒りや恥ずかしさのためではなく、恐怖のためだと、タミエにはわかった。直に三田の震えが伝わってきたのだ。

「ところがある日、わしは、ついに禁を破った」

血膿色《ちうみいろ》の夕焼けと、荒涼とした広場とが、タミエの網膜に映った。

「その女子に、声をかけてしもうたんじゃ。そしたら……」

その女はいきなり箒を振り上げたのだそうだ。

「いつのまにか、辺りは誰も居らんなっとった。あんな賑やかじゃったのに、わしとその女の二人きりになったんじゃ」

驚く間もなしに、女は襲いかかってきたという。咄嗟《とっさ》に身はかわしたが、箒の柄は建物の壁にぶつかって折れ飛んだ。その尖《とが》った竹の先を振りかざして、女はなおも三田を追ってきたのだった。

「わしは無我夢中で逃げた。会いたい女じゃったのに、そん時はもうただ逃げた」

逃げて逃げて逃げ切って息があがった頃、ふと我に返るとざわめきが戻っていた。人々は変わらず大勢が行き交い、店先は景気のいい掛け声が飛びかっている。

「あの女は何者じゃ。それを調べて欲しい」

三田は役人らしく、冷静に頼み事をした。

「おそらく……生きた人間じゃあなかろう」

一旦《いったん》、三田は帰っていった。寄り道せずに真直ぐ家に。女房はその怪奇な女ほどにこの男を待っているのだろうか。この男もまた、怪奇な女ほどに女房を恋うているのか。

母はすぐに勧商場に出掛けていった。無論、そんな女は雇ってない、と責任者に言われて、得心した顔で帰ってきた。

——約束した再会の日、敢えて勧商場の前でタミエは三田と会った。

「わたしには感じ取れん」

簡潔な再会の第一声だった。三田もまた、あっさりうなずいた。

「魔の場所というより、魔の人じゃな。波長がずれたら、もう会わんでしょう」

「ああ、もう会わんような気がする。波長をずらしたんは、わしじゃ。声をかけんかったら、また会うとったのにな」

三田は夕闇に沈みながら、静かに彼方を指差した。

「役場の同僚の男があそこに居る。あの男は何でか毎日ここに来るようになった」

あの男が今度はあの女に会うとるんじゃろうか、と。半ば羨《うらや》ましげな声であった。

「今日だけ、誓文払いが行なわれるんじゃて」

再び巡ってきた、梅雨前の肌寒い日曜日だ。それでも日射しは初夏だ。

「みな正価の一割引きじゃて」

母が縁側で父に甘えた声を出している。夏の着物を着て、勧商場をそぞろ歩きたいのだろう。惚《ほ》れてもいない男に寄り添ってでも、賑《にぎ》わいを楽しみたいのだろう。

タミエは親子三人で歩くのは好まない。そのままどこかに連れ去られそうな気がするからだ。実の父と母だというのに。

だからタミエはこっそり、一人だけで出る。

紫色の被布、宮一の形見は肌に優しい。左目が疼《うず》けば、そこには宮一がいるのだ。タミエを襲った日本刀の音が今もするのは、愛のためか憎しみのためか。

まずカフェーを覗《のぞ》けば、死んだはずのお内儀が一筋の乱れもなく結いあげた髪を光らせて、こちらに背を向けて立っている。

真っ黒な珈琲液に、閉じたままの左目が映る。

苦みを飲み干して隣の玩具店《がんぐてん》を覗けば、発条《ぜんまい》仕掛けの西洋ブリキ人形が、誰も発条を巻かぬのにかたかたと歩いている。

その人形に行くあてはあるのか。だが、何故そのハイカラな人形の隣に備前焼の牛を置いてあるのか。

なるほど、××教集会所もある。腹の大きな女が、所在なげに土間に直に敷いた畳の上で足を投げ出している。

その傍らに、幼い男の子もいる。親子だろうに、色ごとの最中の男女のように抱き合っている。女は息子の肩ごしに何を見つめているのか。嘘つきの神様か。

覗くだけだが、二階への階段も上がってみる。料理屋はすでに賑わっていた。磨きこまれた板の間は光り、酌する女達も美しい。

だが、なぜ人の手の届かぬ天井や高い壁の位置に、苦悶《くもん》の引っ掻《か》き傷がたくさんついているのか。以前見た時は、そのようなものはなかったのに。

手垢《てあか》で黒光りする手摺《てす》りを伝って降りていけば、舶来小物の店が見える。硝子《ガラス》の花瓶やブリキの手風琴、陶器の西洋人形、そんな愛らしいものに混じって、なぜ真っ黒な鳥を閉じ込めた鳥籠《とりかご》があるのか。

鳥は不吉な声で鳴く。だが、聞き取る者はいない。死霊と人間の区別がだんだんとつき難くなってきて、タミエは疲労する。

人波に押されて奥へ奥へと進めば、ハイカラな洋装の店がある。試しに着てみる人のために、掛け布で仕切った区画がある。そこからふと、白い女の手が覗く。それはタミエに向けて、早くここから立ち去れと合図をしてから引っ込んだ。

呉服屋の店先に、父と母がちらりと見えた。窓からの採光のせいか、顔に奇怪な影がついている。幼い頃から、タミエの容色を金に替えることばかり考えてきた父と母だ。無論それを恨んだりはしない。あの頃も、今もだ。

ここの賑わいを見ればわかる。誰もが何かを売って生きているのだ。

決してそれは卑しいことなどではない。求める者も卑下することはない。だが、今はあの二人から離れて一人でこの雑踏に沈みたい。生者とも死者とも無関係に、ただ独りでそぞろ歩きたい。

タミエはすでに暮れかけた外に出た。手を伸ばした先に次の季節がある。去りゆく季節も迎える季節も、変わらず死者と生者がせめぎあう猥雑《わいざつ》なものだ。

ふと目を落とせば、通路の片隅に真っ黒な何かがうずくまっていた。男とも女ともつかぬその真っ黒な者は、竹箒で地面に何やら護符を描いていた。

何故に誰も気がつかぬ。それは大層、不吉な形だというのに――。

岡山ハレー彗星奇譚《すいせいきたん》

目が開いていた時も、片目になってしまった今も、思えば空など気をつけて見上げたことはなかった。

地を這《は》うような生活、といえば自嘲《じちょう》が過ぎようか。タミエのこれまでは、常に目の前の人間を僅《わず》かに上目遣いする生活だった。つまり、目の前の人間に常に見下される日々だったのだ。

親、旦那《だんな》様と呼ばされた男達、そうして最後の旦那様に無理心中をさせられかけて片目を失った後、霊媒師となったタミエの許《もと》を訪れる依頼客達。

タミエが対等に目を合わせられるのは、死者や異形の者ばかりだ。だが、この晩春からにわかにタミエは首を伸ばして空を見上げることが多くなった。

「ほれ見い。今朝の山陽新報にも載っとるぞ」

狭く暗い台所で、父は庭先からの陽光に新聞を透かす。小商いで失敗を繰り返しながら流れ流れて、岡山市外れのこの地に辿《たど》り着いた父は、無学なのに字はちゃんと読めた。元はええとこのぼん、という自慢はあながち法螺《ほら》や嘘ではないかもしれぬ。

「なんて書いてあるんじゃ」

不機嫌に漬物を噛《か》む母は、字が読めない。だが、それしきのことで卑屈になる女ではない。元は大層な別嬪《べっぴん》の小町娘だったというお高さは、たとえ今は美の残滓《ざんし》しかなくとも、なるほどとうなずかせるものがある。

「お父《と》っつぁんよ、読んで聞かしてみいや」

ああ、ほんまに貧乏籤《くじ》引いてしもうたと舌打ちするのが日課の母は、いつ何時でも父より高慢に高い処を見ている。そこそこ羽振りのいい時の自分と一緒になった頃でさえ母は偉そうだったと、父は薄い唇を歪《ゆが》めて笑う。そうして素直に、新聞を読み上げる。

『岡山測候所によればハレー彗星《すいせい》の位置は正東操山《みさおやま》の上およそ三間ばかりなる』とある。昨日初めて観測されたんじゃと」

明治四十三年の晩春の話題は、片田舎の岡山市外れとてハレー彗星だ。

「そいでも、いつ一番近づくかはまだわからんようじゃ」

タミエは内山下にある巨大な火の見櫓《やぐら》のような県立測候所を思い浮かべ、麦ばかりの黒い茶碗の中に、そっとため息を吹きかける。負けるわぁ、と。遥《はる》か天体を暴きだし映し出す精緻《せいち》な機械に、太刀打ちできようか。しかしあのレンズとやらには、死者や黄泉《よみ》の国まで捉えられるのだろうか。

「『明けの明星よりおよそ十五度の北方に至る位置なり』……と言われてものう、わしらにはようわからんが」

母は頼んでおきながら新聞を読み上げる父を無視し、タミエを振り返る。

「七十六年に一ぺん、じゃ言われてもなぁ、タミエ」

来客がない時は傷ついた左の瞼《まぶた》を隠さないタミエは、小首を傾げて障子の破れ目から空を見上げる。不吉な箒星《ほうきぼし》は、いくら霊能力を売り物にするタミエとて見透かせない。

「じゃな。うちらは今日食うことに精一杯じゃけ」

霊能力に確たる自信のないタミエは、近所の老人達に恐る恐る「ハレー彗星とやらが一番近づくんはいつじゃ」と聞かれて困惑の日々が続いていた。

だが、そこはハッタリが勝負と母にきつく戒められているタミエだ。金はもらわなくとも、それなりにもっともらしい託宣はせねばならぬ。

「……二十日くらいじゃなかろうか」

タミエは、ふと口をついて出た己れの言葉に首を傾げた。確かに空を見上げた刹那《せつな》、何かの予知を得たのだ。しかしそれは長々と尾を引く不吉な箒星の幻影などではなかった。遥かなものではなく卑近なもの。それでいて、充分に凶々《まがまが》しい予兆。

二十日、と動いた自らの口を恐れた。悪いものは遥かな天空より降るものではない。いつものように背後から忍び寄る黒い影だ。天はそもそも悪意など持たぬ。悪意を持つのは人間と、元は人間だったものだけだ。

「まぁ、生きとる間に見られるんはええ巡り合わせじゃろ」

厭《いや》な気配を振り払うように、タミエは白湯を啜《すす》る。

「何がええ巡り合わせじゃ。その箒星がぶつかったら地面が割れて、海の水はみな流れ落ちてしまうという噂じゃが。恐《きょう》てえのう」

大抵の者は半信半疑だが、年寄りの中には本気で怯《おび》えている者が多い。しかし、彗星の尾など途方も無さすぎて、タミエにはなかなか真に迫る恐怖の星にはならない。天候は良いというのに、青空も心なしか不吉な予兆に黒ずむようだ。果てのない広がりは恐怖以外の何物か。あの果てに極楽浄土があるなどと信じられようか。虚空は無常に青味を増していく。

遠雷に母は怯える。箒星じゃあないんか、と。遠雷の鳴る間、タミエは身じろぎもせず上を向いていた。いつもなら見え難くなった左の視界に立つ宮一が、正面にいたからだ。

商売の失敗を苦に、タミエを切り付け半死半生の目に遭わせた後、自分はあっさり喉《のど》を突いてしまった宮一の死霊は、今までも時々現れてはいた。

それでも、庭先に遠慮がちに半透明の姿で立ち尽くしているか、タミエに近づくとしてもひっそり左側に佇《たたず》むのが常であった。なのに今は正面にいる。

「……今度の客は、良うない……」

ひどく白い宮一を通して、欠けた月が透けて見えた。癒《い》えたはずの傷口が痛んだ。こちらから意識を統一せずとも、死者の声がこんなにはっきり聞こえたのは初めてだった。

「何が良うないんじゃ」

茶碗がすべり落ちる。母が何か声を出したと同時に、宮一も消え失せた。

喪失感は月にまで届くようだ。見えないはずの左目が、箒星の長々と引く尾を捉える。それが彼方に飛び去った時、右目も盲《めし》いた。タミエは細い悲鳴をあげていた。

人の背よりも伸びた雑草が、青い匂いを籠《こ》もらせる。傾いだ粗末な家の近くには淀《よど》んだ川があるが、この季節は淀んでいても緑の影を映している。見様によっては不吉なほどの青空の下、その雑草を掻《か》き分けてやってきたのは、夫婦の依頼客であった。箒星の幻影の強さに、束《つか》の間《ま》気の遠くなったタミエであったが、どうにか落ち着いて午睡をした。目覚めたその後すぐの来客なのだから、これは不吉な客かとも恐れたが、宮一の亡霊はもう現れない。

まだぼんやりとした視界の中、依頼客はきちんと揃って正座していた。ふいにタミエは西洋の魔法使いの女は箒に乗っていると、何かで読んだか聞いたかしたのを思い出す。箒星と箒が重なり合う具象となり、タミエは冷たい汗を滴らせた。

「堀口《ほりぐち》と言いますらあ。苫田《とまた》の方から出てきました」

初老に差しかかった夫婦は、遠い寒村からわざわざ出てきたという。奥の見立て部屋と称するタミエの部屋に案内した母は、単純にタミエの評判がそんな僻地《へきち》にまで届いていることを喜んでいたが、タミエは先日から霞《かす》み出した見える方の右目の痛みが増したことに、憂鬱《ゆううつ》さを募らせていた。

「箒星も近づく言いますけんのお」

タミエの気持ちを読んだ訳ではなかろうが、政代《まさよ》と名乗った妻の方はそんなふうに話を切り出した。堀口の夫の方は背の低いずんぐりした体付きに、顔もいわゆる童顔で、全体に丸い印象を与える。喋《しゃべ》り方や動作も朴訥《ぼくとつ》であった。

対する政代は、まるで西洋人のように背の高い、そして顔に深い陰影を刻む尖《とが》った顔つきをしている。もしかしたら東京ではハイカラな美人に相当するのかもしれぬが、片田舎では険しい男顔でしかない。それに切り口上な喋り方といい、何か射竦《いすく》めるような目付きといい、タミエの苦手な種類の女だった。

「新聞は取られようりますかな」

だから自然とタミエは、穏やかな口調の夫の方に向いてしまう。

「新聞？　はあ、山陽新報を取りょうりますが」

陽の射さぬ湿った六畳間には、母親が適当に買ってきて並べただけの祭壇やら神棚やらがある。大抵の者はそれらに圧倒とまではいかぬまでも、異様な緊張感を覚えるものなのだが、この政代はまるでそれらが視界に入っていない感じを受ける。

「なら、覚えとられんじゃろか。三年前に苫田の××村で起きた、神隠しのことじゃ」

三年前。苦い何かを口の中で味わう。三年前、タミエはまだ両目とも美しく開き、旦那の宮一も商売繁盛で贅沢《ぜいたく》をさせてくれていた。華やぐ思い出しかない三年前なのに、こうして思い出す時は苦い記憶になっている。

そう、あの頃は未来を予見する力も何もなかったからだ。それゆえ目先の快楽にばかり浸っていたあの頃を、遠景として思い出すのは難しい。ましてやあの頃、タミエは新聞など読みはしなかった。

「はあ、わかるようなわからんような」

しかし、事はやはり厄介そうだ。神隠し。つまり生きているのか死んでいるのか、まずはそこから始めなければならない。それに襖《ふすま》の向こうで、母が舌打ちしている。なぜ自信たっぷりに、そしていい加減に「ああ、わかりますらあ」とうなずかないのかと。そうして父の方は、早速いなくなっている。

殊更に耳をそばだてずとも、二間しかない家ではどこで何をしていても筒抜けだ。この依頼客の身元を知った父は、さっそくさらに詳しい情報を得るために、あちこち聞き込みに出ていったのだ。

「神隠しに遭《お》うたんは、うちの松男じゃ」

何の前置きもなく、政代はよく通る声で言い放った。

「上の三人の息子、二人の娘とはぼっけぇ歳の離れた末っ子でなぁ。可愛ゆうて可愛ゆうてならんかった。田圃《たんぼ》に出る時も、いつも背負うておった。作業をする時は土手で遊ばしとくんじゃ。まだ三つで手伝いはできんかったけんな」

政代は淡々と、まるで他人事のように語る。無論、いなくなった時は半狂乱だったろうが、三年の月日がどうにか表面的には落ち着かせてくれたのだ。

タミエもそれはわかる。自分も片目を失ったとわかった時は、狂いかけた。だが冷徹な現実、つまり生きてゆかねばならぬ現実に向き合えば、不自由や不幸にいつまでも拘《こだわ》ってはいられなくなるのだ。

「ほんまに、ちょっと目を離した隙なんじゃ」

正座の膝《ひざ》を崩さぬままに、堀口の方が口を開いた。愛嬌《あいきょう》のある顔なので、眉間《みけん》に刻まれる皺《しわ》は一層深い。タミエは軽く目を閉じるが、まだ何の影も現れない。

「田植えもあらかた済んで、その日はわしら夫婦だけで畔《あぜ》の草取りをしたんじゃ。松男は蜻蛉《とんぼ》を追うたり石ころを拾うたりして遊んどった。さあ、あと一踏ん張りで昼飯じゃと政代と草叢《くさむら》にしゃがんで、立ち上がったら……もう、松男は居《お》らなんだ」

唐突に汽笛が聞こえたと思ったら、それは政代の泣き声なのだった。

「今もありあり覚えとるんよ。松男の着物の柄も左足の小指に切傷ができとったのも蜻蛉を指した手の格好も、おっ母《かあ》、と呼んだ声も」

タミエの瞼《まぶた》には、その松男とやらは浮かんでこなかったが、その時の景色だけは描けた。梅雨空は紫陽花《あじさい》の色に似て、山脈の彼方には夏を待機させている。田圃は泥に沈んでいても植えられた苗は風に盛んにそよぐ。点在する藁葺《わらぶ》き屋根の低い家々の前には、蓑笠《みのかさ》を着けた村人達が案山子《かかし》のように佇んでいる。畔道は緑一色ではない。所々に初夏の小さな花が揺れているからだ。その花弁までが瞼に浮かぶのに、なぜ子供が見えぬ。

「松男が居らんなった、とわしらが騒いだら、村の者は皆、田植えを中断してまで探してくれた。警察も山に捜索をかけてくれた。新聞にも出してもろうた」

何の手掛かりも得られぬままに三年が過ぎたと、政代は初めて弱々しい声を出す。

「金と時間の許す限り、あちこちの拝み屋や霊能力者、占い師の許に行ったんじゃが。おえん。川に沈んどるの、山に埋められとるの、曲馬団に売られて玉乗りになっとるの、ええ加減なことばかし言われてな」

そこで政代は懐から、何やら取り出した。紙だ。何やら書き付けてあるのが透けているから、手紙なのだろう。汗で湿っている上に手ずれしている。

「なんでか知らんが、三年経った今頃、この手紙が届いたんよ。郵便屋が配達してきたんじゃのうて、縁側に置いてあった」

畳の上に広げられた粗悪な紙質の手紙からは、ふわりと湿った匂いがした。そこに躍るのは折れ釘《くぎ》にも似た稚拙な文字だが、漢字も多く挟まれており、子供の手によるものではないとわかった。

「マツオ　哀レナリ　天ヲオソレヌ　コノ所業
マツオ　ドコカデ　片目ノ魚ニナッタ　悪イノハ　凶星ノ女
凶星ノ女ハ　悪イ星ノモトニ　マタ　アラハレル
黒イ星ハ表ヲ照ラサヌ　夜道ノ　アヒビキ
ヨナヨナ　暗イ道ヲ　迷フナリ
ツミノ苦シサニ　タヘカネテ　両目トモ　ツブシタ　暗イ暗イ
アハレナリ　片目ツブシテ　待ツ」

憎しみ、嫌がらせ、悪意、そういったものは伝わってこない。指先に感じるのは怯《おび》え、そして哀しみだ。

凶星とはやはりハレー彗星を指しているのか。だが、それよりタミエに引っ掛かる言葉がある。片目だ。

そうしてこれは特殊な霊能力というより、ありふれた直感なのだろうが、これを書いたのは傍観者ではなく犯人なのではと思ったのだ。

「片目、にはちょっと心当たりがあるんですらあ」

堀口はタミエの紫の被布に隠された左目から目を逸らしながら、苦しげに言った。

「わしらの住む村で、昔からある祈禱《きとう》でなあ」

堀口によると、その××村では神に捧《ささ》げる魚を片目にする風習があるという。タミエは寒気を覚えた。

神社の池に一年間、魚を放す。それで清浄になったところで、改めて家に持ち帰り神に捧げるのだ。その池に放す際、他の魚と区別するためにわざと片目を潰《つぶ》すという。

「じゃけん、片目の人間も尊ばれる。神様に、他の人間と区別するためにつけられた目印なんじゃと」

何と答えて良いかわからず、タミエは苦い笑いを浮かべた。因果関係はわからぬが、確かに片目を失った後にこの奇怪な力を得たのだ。しかし自分を選《よ》った神様は、我が身をまた随分と汚れた池に放ったらしい。

「それで、うちに来られたんかな」

皮肉に聞こえぬよう、タミエは低く訊《たず》ねた。

「それもありますらあ」

政代はタミエの開いている方の右目を凝視する。ふいにタミエは何か、ここにはないものを映した。それこそ、ひっそりと暗い夜道に立つような得体の知れぬ何かだ。決してよいものではない。

虚しい空を断ち割るかのような星の軌跡が、破れた障子に束の間映る。その尾の残像に幼い男の子が透けていた。そこまで見えてもまだ、生き死にはわからぬ。

「この手紙、預からせてもらえんじゃろか」

タミエは聞いた。あまりの手掛かりのなさに、自身も虚しく空に散りそうな錯覚を覚える。手紙はかすかに振動を伝えてくる。鼓動にも似ている。

「そしたら、わかることがあるんじゃろうな」

政代が不安げに訊ねる。なんでも、最初これは警察が持っていったが、犯人からではなく悪戯《いたずら》であろうということで返ってきたのだという。あまりに内容がおかしいからだろうし、一言も金を出せとは書かれてないからだ。

「手がかりにはなりますらあ」

坊ちゃんも返してあげますらあ、とは付け加えられなかった。いつにもまして、自信がない。いつもいつも曖昧《あいまい》に死霊を呼び出し、生霊と語らい、それでもどうにか今までやってこられた。だが、この嫌な感じは何か。まさか箒星の接近と関係があるとは思えぬが。

はったりを利かせることなどできないが、いつもの言い訳はする。

「精進潔斎の時間をいただきますらあ。二、三日したら、また来てつかあさい」

その間に父と母が情報を得てくる。だが、今回はいつにもまして困惑するだろう。警察でさえ判らなかったことなのだ。それに月日も経っている。松男は三歳から六歳になっているのだ。そう、生きていればの話だが。

二人は立ち上がり、ひっそりと出ていった。母はそんな二人の後ろ姿を眺め、ぽつりと呟《つぶや》く。霊能力などないはずの母なのに、時折タミエよりも鋭く裏を見抜く。

「何か悪いことをしとる。あの嫁の方じゃ」

「ハレー彗星とやらを恐れて、人相が悪うなっとるんじゃないんかな」

軽口を叩《たた》いたが、タミエは疲労感を覚えていた。庭先を痩《や》せた蜻蛉が頼りなげに飛んでいる。ふと、それを捕まえようとする頑是《がんぜ》ない幼子の指先が見えた気がした。

箒星の尾を捕えるのと、蜻蛉の尾を捕えるのと、いなくなった子の手を捕えるのと。どれが自分には一番難しいのか。

何れにしても、ハレー彗星の接近まであと十日だ。

右目が霞む。タミエは家の中で最も光の射す縁側に出て、ため息ばかりついていた。これは曖昧な不吉な予感などではない。

見えぬ方の左目ならばこれ以上悪くなることはないのだから、多少古傷が痛んでも舌打ちするくらいで済ませられた。だが、こちらの目も失うようなことがあれば、またしても行く末を考えねばならない。

　西洋では、流れ星に願いを託せば叶《かな》うという言い伝えがあるらしい。では、不吉だと恐れられるハレー彗星にも、それは通用するのか。そんな不吉な流れ星に、願い事などしてよいものか。

「タミエ、ハレー彗星が見えるんか」

　いつのまに戻ってきたか、庭先には母がいる。侘《わび》しい荒れた庭に、野生の花が揺れている。ゆらゆらと、その背後に死霊が立つ。今回の依頼の客とは関係がなさそうな、透き通る老女であった。老女の死霊を透かして、母の風呂敷包みが見える。

「見えりゃあせん」

　低くタミエは呟《つぶや》いた。母に言っても仕方がない。もう片目まで危ういかもと告げれば、おそらく強《したた》かなこの女は、それすら売り物にするだろう。益々、霊能力が強まったと。

「養蚕もやっとって、あの堀口の家はなかなかの分限者らしいで。それと、堀口の旦《だん》那《な》の方は人力車まで引いとると。よう儲《もう》けるんじゃな」

　母は例の堀口夫婦の住む××村まで行ってきたのだ。片道一時間ほどだ。その間にも母は、何か商売になる者はいないか、つまり悩みを抱えてタミエの許《もと》に来る者がいないか探ってもいるのだ。三好野ビヤホールで暇潰しばかりしている父よりは、よほど頼りになるといえばその通りなのだが。

「へえ。そういや力はありそうじゃったなあ」

「いや、まあ、そんなことよりもなあ、タミエ」

母は最近古着物の行商も始めていた。口八丁の母はなかなかの売り上げも得ているが、タミエの仕事に役立てる情報を集める方に大いに役立っていた。ただ話を聞かせてくれ、と訪ねていくよりも、古着物を広げての四方山話《よもやまばなし》の方が、相手は口が軽くなるからだ。

「あの村にゃあもう一人、神隠しに遭うた者が居るんじゃと」

母も縁側に座る。淡い姿の老女は消えた。タミエは右目でまじまじと母を凝視する。

「もう一人？　そねえなことは、あの旦那も嫁も一言も口にせなんだで」

「そこじゃ。普通、そのことも言うはずじゃろう」

元は小町娘と讃《たた》えられた母だ。小狡《こずる》い目付きが今も艶《つや》っぽい。風呂敷包みに寄り掛かる格好で、薄く笑う。

「まして、そのもう一人が消えたんは子供のすぐ後なんじゃで」

確かにそうだ。神隠しなど、そうそうある話ではない。ましてや小さな村で続けてあれば関連付けて考えそうなものではないか。なのにあの夫婦は、その「もう一つの神隠し」については一言も触れなかった。

「我が子は神隠しに遭うたんじゃで。そいで、同じ村に同じ時期に消えた者が居るんなら、それと結びつけようが。なんかおかしいじゃろ」

「やっぱり、それは子供なんかな」

「いんにゃ。若い嫁じゃて。それも、なにかと噂の絶えんオナゴでな」

不意に、針で突かれた痛みが走った。閉じた左目にではない。

「村一番の金持ち、いうても隠居した爺《じい》さんの嫁じゃ。その坂本《さかもと》の爺さん、元は車夫らしいが、葡萄《ぶどう》栽培で儲けたと。お父と同じで、無学でも読み書きできる立派な爺さんらしいがな」

隣で娘が目を押さえているというのに、母は気付きもしない。

「しゃあけど、そんな嫁じゃけ。神隠しと騒いだんはその爺さんだけで、村の者は『どこぞの若い男と駆け落ちしたんじゃろ』と噂しとる」

耳元でからからと、車輪の回る音がした。真っ黒な人力車の幻影だ。だが、そこには誰も乗っていない。誰も引いていない。

「まぁ、爺さんの手前、大っぴらにそうは口にできんけん、神隠しということにしとるらしいわ」

「神隠し」で繋《つな》がりはつけられるとしても、三歳の子供と浮気性の若妻が結びつくだろうか。もしかしたら、その二つには何か他に繋がりもあるかもしれないが、とタミエは痛みの引いた右目を瞬く。

「その嫁の旦那じゃという爺さんも、うちに来りゃあええもんを」

その時、奇妙な鳥の鳴き声が響いた。死霊や物の怪《もののけ》ではない。二軒隣の薬種屋からだ。

「おうおう、みんな居らんなる、みんな居らんなる」

ハレー彗星がこの岡山を焼き尽くすと信じ切った、そこの婆様は日に三度はあの声をあげる。そのいなくなった嫁の老いた夫は、ハレー彗星どころではないだろうと、タミエは空を仰ぐ。無情の美しい青は、確かに恐ろしい何かを隠している。

「大彗星いよいよ接近す」

山陽新報の見出しは次第に大きくなっていく。二軒隣の老婆もいよいよ騒がしくなっていく。タミエはその間、細々とした失せ物や死者の口寄せはしていたものの、一つだけまったく解決できぬ依頼を残していた。

右目はあれから痛みは覚えないが、肝心の霊能力は滞ったままだ。元々それほど確かな能力ではないのだが、それにしても不調だ。いつもならぼんやりと糸口は見えてくるし、必死に拝まずとも死者の方から降りてきてくれた。

「ハレー彗星のせいじゃろか。なぁ、お父」

蒸し暑い奥の間から出て、タミエは縁側で団扇《うちわ》を使う。五月にしては暑すぎるこの陽気も、体にはよくない。はだけた浴衣《ゆかた》から薄くなった胸をのぞかせている父は、風呂敷包みの中を確かめている。安く派手な着物の柄は、すべて母に似合いそうな物ばかりだ。仕入れてくる父は、そうした物ばかりを求めるのか。

「ハレー彗星が、ますます強《つえ》え力をくれるかもしれんじゃろが」

不自由な左目の方に座っているため、父の表情はよく見えぬ。

「そいでもあの堀口の夫婦は、しつこう言うては来んのじゃろ」

堀口夫婦はあれからまだ来ていない。息子はまだわからんか、とは責めてこなかった。手付けの金はきちんと貰《もら》っているのだが、やはり解決せねばまとまった謝礼は望めない。しくじりばかりしてきただけあって、父と母は依頼客には意外と安い、つまり常識的な金額を提示する。

要らぬ噂ややっかみで商売がやり難くなっても困るし、インチキだと警察へ駆け込まれたりするのも困る。ただでさえ胡散《うさん》臭いと見られがちな職業なのだから、取りあえずは大人しくしていることだ。そこそこ、それで良い評判は得ているのだから。

「そうじゃな。それと……その若い嫁さんと堀口の子供の件は、やはり別物じゃろう」

見えない。若い嫁も、子供も。そうして、遥《はる》か彼方のハレー彗星もだ。だから、手紙を何度も何度も透かして読む。

「マツオ　哀レナリ　天ヲ　オソレヌ　コノ所業」

これは、文意そのままだろう。松男は哀れだし、そんな幼子をさらう者がいたら天を恐れぬ所業と責められよう。

「マツオ　ドコカデ　片目ノ魚ニナッタ」

片目の魚。××村に伝わる願掛けの方法とは聞いた。

「悪イノハ　凶星ノ女」

悪いのは女？　それとも凶星？　女としたら犯人か。凶星はハレー彗星か。そして、悪い女はただ一人なのか。

「凶星ノ女ハ　悪イ星ノモトニ　マタ　アラハレル」

ハレー彗星の近づく頃に、ということなのか。

「黒イ星ハ表ヲ照ラサヌ　夜道ノアヒビキ」

表を照らさぬ夜道の逢引き。これは道ならぬ恋情か。逢引きするのはこの女なのか。すると相手は何者か。

「ヨナヨナ　暗イ道ヲ　迷フナリ」

夜な夜な暗い道を迷う。この女は何のために迷う。やはり、道に外れた行為だからか。

「ツミノ苦シサニ　タヘカネテ　両目トモ　ツブシタ　暗イ暗イ」

タミエにとっては、あまりに不吉な言い回しだ。両目とも潰すなど。両目を瞑《つむ》るとは、死出の旅路ともとれないか。暗い暗い、確かに黄泉路《よみじ》は暗かろう。

「アハレナリ　片目ツブシテ　待ッ」

これは願掛けの魚だ。考えてみれば酷《むご》い。目印のために目を潰すなど。自分のこれも、何かの目印か。しかしこれを読めば、神聖な願掛けではないことは解る。

すぐそこに母が帰ってきているのにも気付かず、タミエは必死に手紙に見入っていた。

「××村に行ってきたで」

片頬を歪《ゆが》めて、母は笑う。何か「弱み」に類するいい情報を得てきた時の癖だ。いそいそと父が持ってきた盥《たらい》に足を突っ込み、泥を落としながらまた片頬を動かす。

「ちらりとしか、堀口の嫁とは顔を合わせんかったけんな。わたしを覚えとるかどうか一か八かで行ってみたら」

仄白《ほのじろ》い足の裏が揺らめくと、まさに奇怪な魚のようだ。

「幸い、わたしの顔は覚えとらんでな。まさか、古着物の行商の女が霊媒師の母親とは思わんかったんじゃろ」

タミエは手紙を畳み、懐に入れる。母は新たに仕入れてきた父の風呂敷包みを解いて中を確かめながら、子供のように足を泳がせる。波紋に目を凝らしても、妖《あや》かしの影は浮かばない。強欲で気丈な年増女の足はそれほど強い。

「何食わぬ顔で聞いてやったんよ。神隠しが二つもあったんじゃてな、と」

これを酷いなどと感じていては、食うてはいけぬ。

「堀口の嫁は、こう答えたな。『神隠しに遭うたんはうちの息子だけじゃ』と」

ぴしゃり、と飛沫《しぶき》が頰に飛んだ。それは異様に冷たかった。

「他で聞いたら、どこの者も『ああ。堀口んとこの坊と、坂本の爺さんの嫁じゃ』と答えるのにじゃ」

ふいに、別の女の足の裏が過《よ》ぎった。白い艶のある足だった。坂本の爺さんの嫁かどうかはわからない。

「ようわからんが、あんましそこんとこは突つかん方がええんじゃねえか」

ふいに父が口を挟んだ。売れ残りの古着を選り分けながら、ため息にも似た息を吐く。

「なんでじゃ。狭い村で誰もが知っとることをとぼけるなんぞ、何かあるんじゃ」

タミエは父の言い分に、引きずられるようにうなずいていた。父の言うのは正しいと感じたのだ。嫌なものが過ぎる。だが母は勢いよく足を抜くと、手拭《てぬぐ》いで乱暴に拭《ふ》いた。

「里子《さとこ》、いうらしいけどな、そのおらんようなった嫁は。岡山で酌婦をしとったのを、金持ちの爺さんに身請けされたらしゅうてな」

タミエは黙っていた。さっき見えないはずの左目の上を駆けていったのは、その若すぎる嫁の足ではなかったか。白く艶やかだが、死の匂う足だった。

「嫌いじゃったんじゃろう」

ぽつり、とタミエは呟く。母は幾ら若造りの別嬪《べっぴん》と誉められようと、肌の衰えは隠せない。まさに死者の足のようにふやけている。

「堀口の嫁は、その里子とかいう若い嫁を好かなんだんじゃろう。それで話題にはしとうなかった。そんだけじゃないんかな」

不吉な鳥のように、二軒向こうの婆さんが叫んだ。細く後を引く泣き声は、黄昏《たそがれ》始めた空に吸い込まれていく。箒星《ほうきぼし》は今頃どこを流れているか。子供子供子供と唱えれば帰してもらえるのか。

古着物は、父としては久しぶりの成功を見たらしい。タミエの仕事の情報集めは一先ず置いて、夫婦揃って仕入れに出かけてしまった。ハレー彗星の大接近よりも、差し迫った明日の米の方がよほど大事だ。

タミエはしばらく経文を唱えたりしていたが、一向に考えも霊感も湧いてはこない。

少し横になっていたら、うたた寝してしまったようだ。起こされたのは、庭先からの声だった。二軒向こうの婆様の泣き声ではない。

「ああ、居られてよかったで。迎えに来させてもろうたんじゃ」

慌てて身繕いをし、紫色の被布を被《かぶ》る。狭い二間の家とて、縁側まで十歩もかからず行ける。タミエはしかし、一歩後退りした。

「急なことで驚かれたじゃろうが。もう時間もないけんな」

時間？　それを訝《いぶか》しく思う間もなく、尻《しり》からげをした堀口はにこやかに進み出てきた。

「車夫さんは、どこに居るんじゃろか」

タミエがそう訊《たず》ねたのは、狭い庭を占領するかのように、唐突に人力車が置いてあったからだ。車輪は鉄ではなく、新式のゴムだ。もたれ布団《ぶとん》も鮮やかな紅の緞子《どんす》で、畳んである膝掛《ひざかけ》もまた安物ではあるが繻子《しゅす》だった。父母が見たらこっそりくすねて売るかもしれないほどだ。だが、それを引く者が見当らない。

「わしは、車引きもしとるんじゃ。××村くらい、軽うに走れる」

いや、車夫がいないことより、妻の政代がいないことを気にかけるべきだったか。

「奥さんは、どうされたんでしょう」

すでに堀口は、梶棒《かじぼう》を引く体勢になっていた。それでもタミエは、縁側に突っ立ったままだ。ふと、紅の緞子に白い女の手がかかっているのが見えた。それは風に飛ばされるように消えてしまったが、若い女の手だった。

「いや、ここまで歩いて来るんは大変じゃし、田植えも済んどらんしな。わしがこうして一人で来たんじゃ」

堀口はあくまでもあの丸い顔で笑っている。タミエは躊躇《ためら》ったが、わざわざそんな立派な人力車で来られては、行けないとは断れない。それに、依頼を永らく放ったらかしているという負い目もある。何も取って食われる訳ではなし。

「ちょっと待ってつかあさいよ」

タミエは少し迷ってから、例の手紙を懐に入れた。××村なら、堀口がちゃんと送ってくれればだが、帰りは深夜にはなるまい。

「お待たせしました。そんならよろしゅう頼みますらあ」

女の手がかかっていた箇所は、ひんやりとしていた。車は滑るように走りだす。なるほど、なかなかの技術であった。青年のように、堀口はひょいひょいと軽やかに車を操る。でこぼこした砂埃《すなぼこり》の舞う道は眩《まぶ》しい。

朴訥《ぼくとつ》そうに見せておいて、この男は実はなかなかに侮れない者かもしれぬと、タミエは感じた。土臭い色気のようなものが、背中辺りにある。

いや、そんなことよりも。タミエは目を閉じて瞑想《めいそう》した。何かを見なければ。何かを聞かなければ。何かを感じなければ。適当なごまかしなどできない。堀口はあんなに汗をかいている。

「なあ、堀口さん。ちょいと訊ねたいことがあるんじゃけど」

危険かもしれぬが、あまりに何も見えてこないのでは、ずばりを突くしかない。堀口は振り返らずに、ああん？と聞き返した。

「神隠しに遭うたんは、もう一人おるんじゃてな」

堀口の背中に変化はなかった。ただ黙々と引っ張っていくだけだ。軒の低い路地裏を風のように駆け抜けた。

「……霊感で知ったんか、誰かに聞いたんかはわからんが」

不吉な影はこれであった。タミエは身を固くする。この速さの車から飛び降りれば、死ぬことはないにしてもかなりの怪我は負うだろう。ましてや自分は片目が見えぬ。上手に転がるような芸当はできそうにない。

「わしは、そっちの方も相談したかったんじゃ。松男も無論、気になる。じゃが、もう一人のその女も行方を知りてえ」

タミエの腰に、女の白い手が回されている。そのお探しの女はもう、この世には居られん。だが、それを今告げるのは危ない。

「その女が見つかりさえすりゃあ、松男の行方もわかるんじゃ」

耳元に吹き付けられる強い風に、女の細い悲鳴が混じっていた。

「なんで前に来た時、それを教えてつかあさらなんだんじゃ」

恐怖から、タミエは饒舌《じょうぜつ》になる。できるだけ、この男の機嫌をとりたいこともある。既に賑《にぎ》やかな岡山市内を走り抜けると、タミエの行ったことのない農道が現れてきていた。

「政代が居っては、口にできんことじゃけん」

「あ、あの手紙は。あの手紙は誰が出したか、もしかして見当ついとられるんか」

街じゃと誇ってはいても、ほんのちょっと外れれば岡山はこんなにも暗いのだ。

「……おそらく里子じゃ」

それだけで、里子という若妻とこの男のただならぬ関係が見えた。だから政代に内緒なのだ。

それ以降、堀口はまったく口をきいてくれなくなった。まだ昼日中だというのに、タミエは闇に包まれた。女の手はもうない。その女が、誘ったのだ。タミエは意識がどこかへ飛んでいってしまわぬよう、必死に考えをまとめる。

夫婦は揃って、「子供が神隠しにあった。探してほしい」と訪ねてきた。それは夫婦揃っての「事実」であり、夫婦揃って「望むこと」だろう。

母によると妻の政代の方は「もう一人の若妻の神隠し」については知らぬふりをし

たという。だが、夫の方は知っている。しかも、その若妻さえ見つかれば松男もわかる、と。

懐の手紙が汗で湿っている。何かのお守りのように、タミエはそれに手を添える。あちらの方は雨なのか、山脈が霞《かす》んでいる。土の香は本来、心地よいもののはずだ。泥の道は生臭く、立ち並ぶ案山子《かかし》はみな異形の影法師だ。せせらぎが血の沸く音に重なる。タミエは少し、気が遠くなった。

水田に苗はそよぎ、長閑《のどか》な牛の鳴き声は響くというのに、その畔道《あぜみち》に建てられた小屋は荒れ果てていた。ささくれた板壁には、しかし大きな南京錠がぶらさがっている。

「人力車はここに仕舞うておるんじゃ。入ってみんさい」

車は停まったが、タミエは腰掛けから降りられない。草叢《くさむら》の鋭い刃先に身が竦《すく》む。こんな見知らぬ遠い場所に来たことはない。宮一が羽振りのよかった頃は色々と遠出もしたが、それは取りあえずは楽しい行楽だった。無理に連れていかれたことはない。

「ちょいと臭かろう」

地面に足がついた途端、何かの腐臭がした。おぞましくも懐かしい臭いだ。

「松男が可愛いがっとった猫を埋めたけん、うちの嫁がな」

堀口は手を差し出す。タミエは大人しくうなずくしかない。この男を怒らせては、帰れなくなる。ぬかるんだ地面に、草履はめり込んだ。血色の夕焼けが嘲笑《あざわら》うかのようだ。

タミエは観念して、堀口が開け放った戸口から中を覗《のぞ》く。剝《む》き出しの地面が黒い。この臭いは……猫ではない。

突然タミエは恐ろしい力に全身を押された。何が何だかわからなかった。堀口に被布を取られ、それを口に押し込まれたことなど、なかなか現実の恐ろしさにならなかった。あまりに突然だったからだ。そんな大柄でもない男なのに、頭上から物凄《ものすご》い力で押さえ込まれると息さえできなくなった。

悲鳴は被布に封じられた。いつも暗黒にある左目だけでなく、右目も光を失う。荒縄はあっという間に両腕に回され、次にどうにかタミエが正気に戻った時は、土間に転がされた後だった。さっきの異様な臭気が鼻先に届く。

「片目は無《の》うても、あんたは別嬪《べっぴん》じゃ」

そびえ立つほどに堀口が大きい。涎《よだれ》で押しこめられた被布は湿っても、悲鳴はあげられない。動くほどに縄は食い込み、息が詰まる。

人力車も中に入れると、タミエの居場所は本当に僅《わず》かになった。

「片目の魚じゃ」

堀口は優しいほどの声を出す。窓のない小屋は、まだ夜には間があるのに暗い。隙間から射し込む白い光だけが現実だ。

「片目の魚に、そねえな神通力があるんなら、片目のあんたにゃあ、どれほどの力があるんじゃろうかのう」

この男は、タミエを神様への捧《ささ》げものにするつもりなのだ。頭の芯《しん》が凍りついた。

「魚はわざわざ片目を潰《つぶ》さにゃあならんが、あんたはもう印がつけられとる」

こういう時に死に物狂いで抵抗できるのは、体力と気力の残る者だろう。タミエは固くなることしかできずにいた。死霊より生霊の方が恐いのはわかっていたはずだが、生きた人間はそれを上回る。それもまた、わかっていたはずなのだが。

「手紙を見たじゃろう。里子はどこかに居るんじゃ。二人とも戻してくれえよ」

堀口は明らかに常軌を逸している。暗闇の中で光った目は異様な輝き方をしていた。ぎしぎしと戸口を軋《きし》ませて出ていくと、これもまたわざとらしいほど大きな音を立てて鍵《かぎ》をかけた。闇はタミエの輪郭を侵した。

独りにされたタミエは、息を整える。今の自分は死に怯《おび》えるよりも生に執着しなければならない。恐れては死の方が近づく。必死に経文を唱えた。それから転がり、壁に体を打ち付けた。軋むのはこちらの骨だ。

陽が落ちてしまえば、こんな畔道を通る者はいなくなる。岡山市と違って街灯を点して回る点灯夫もいない。そもそも灯そのものがないのだ。さっきまで隙間から射し込んでいた光ももうない。頬の上を、ざわざわと蚰蜒《げじげじ》が渡っていった。

朦朧《もうろう》としてきた。部屋の隅に誰かがいる。細長い……死霊だ。こちらに背を向け、なぜかタミエと同じ格好で丸まり、横たわっている。

「里子さんか」

必死に首を動かしていたら、詰め込まれていた布だけは吐き出せた。必死に、その死霊に呼びかける。途端に、それは消えた。

「誰か」

タミエは、声を張り上げた。死霊ではなく、生きた者を呼ぶためだ。父は、母は、自分がいなくなったことにもう気付いてくれているか。

幼い頃から娘である自分の色香で生計を立ててきた親だが、それなりに大事にはしてくれた。そうだ、母はこの辺りに古着物を売りに来ている。助けに来てくれないか。だが、それまでどのくらい待てばよい。せめて、置き手紙をしてくれればよかったと悔やまれる。

タミエの声に反応したのは、野犬だけだった。高く低く、不吉な吠《ほ》え声が深い山間に吸い込まれていく。だが、その時ふいに戸口に誰かが立つ気配を感じた。間違いなく、生きた人間だ。堀口かもしれぬが、それでもいい。必死に説得すればよいのだ。

「そねえな、大きな声を出されな」

入ってきたその者を、タミエはぽかんと見上げた。それは堀口の嫁の政代だったのだ。

「助けてつかあさい。なんぞ、ご主人は勘違いをされとる」

古風な提灯《ちょうちん》に浮かびあがる政代を認めて、タミエは涙をこぼす。あんたの旦那《だんな》はおかしいで、と叫びそうになったが、それは辛うじてとどめる。

「ようよう、うちの人が居らんなったけん、来たんよ」

政代は静かに入ってきた。その静かさと、夫が立ち去るのを見届けてから来るという考え。その奇妙さがわからぬほど、タミエは混乱している。

「うちの人に、ちぃっと聞かれとうないこともあるけんな。あんた死人が呼べるんじゃろ。ここで呼んでみんさい」

小屋全体に妙な臭いが染みついていることの理由はわかりかけている。死者の臭いなのだ。この地面の下に、死者がいるのだ。それは……若い女。

「松男をどこぞへ連れていったんは、里子なんか。わたしゃあ、それだけが知りたいんじゃ。知る前に死んでしもうたけんのう」

死んだことをなぜこの政代は知っている。堀口は知らないのに。

「こ、この下に里子さんというのは居るんじゃろ」

提灯の灯に照らされ、政代の顔の陰影はさらに深まる。

「そうじゃ。うちの人は知らんが、わたしが埋めたんじゃ」

混乱したタミエだが、必死に体をよじり、閉じた方の左目を地面に擦りつける。この女もまたおかしいのだとわかったからには、せめて時間稼ぎをせねばならぬ。

「ああ、見えた見えた。死んだ里子さんが何か言うとる」

掠《かす》れた声を必死に張り上げる。なんとか言い包《くる》めて、この窮地を脱せねばならない。それにしても、頼りない己れの霊能力が恨めしい。

「松男の居場所を言うとるんか！」

いや、霊能力が不安定なのは、この際幸運かもしれない。なんとか自分の頭で自分の考えをまとめられるからだ。つまり堀口は、松男をさらったのは里子と思っているが、その里子は妻に殺されていることは知らない。反対に政代は松男をさらったのが里子かどうかは確証を持てないでいるが、里子をここに埋めたのははっきりしているのだ。

では、この手紙は？

少なくとも里子ではない。堀口は里子かもしれぬと疑い、政代の方は見当がつかないようだ。手紙は汗で破れそうになりながらも、タミエの乳房に張りついている。死臭はさらに強まったように感じられる。

「生きとる。松男は生きとる」

この場合、嘘も止むを得ないだろう。こう言った方が助けてもらえる算段が大きくなるからだ。期待通り、政代は喜びの色に染まった。

「あの小娘だきゃあ、ここに連れ込んでどねえに脅してもすかしても白状せんかったけんな、鍬《くわ》でどついてやった」

提灯の淡い火影に、まさに鬼の顔になる。

「あねえにあっさり息絶えるとはなあ」

タミエは必死に政代の足元ににじり寄った。この女は人殺しだなどと恐れている暇はない。なんとかうまく言い包《くる》めて、ここから出してもらうのだ。ところがタミエは、激しい衝撃を顎先《あごさき》に覚えた。

「あんたには、ここに居ってもらうで」

政代に蹴《け》りあげられたのだと気付くまでに、しばらくの間があった。

「片目の魚の代わりじゃ。魚よりは人間の方が効き目も大きいじゃろう」

「なんでじゃ。出してくれたら、ちゃんと透視も見立てもしますで」

タミエを蹴ったその足で、地面の毒虫を踏み殺した政代は、冷徹に言い放つ。

「手紙を寄越した者は、わたしの里子殺しを知って脅しとるんじゃろ。松男が帰ってくるんはええが、人殺しとして繋《つな》がれるんは困る」

痛みに涙がこぼれた。里子が受けたはずの鍬の一撃も、タミエの脳天に伝わってきた。そんなタミエを冷酷に見下ろして、政代は踵《きびす》を返した。

「松男が帰ってきて、里子殺しが露見せんで、脅してきた者もどこかに消え失せる。それが望みじゃ。願掛けじゃ。あんたはそのための神様の捧げものじゃけんな」

夫婦は、互いに異なった願掛けをしているのではないか。しかしそれは口にできない。今は目の前の人間の機嫌を取ることが大切なのだ。ほんに自分は、そういう運命じゃ。こんな場合なのに、自嘲《じちよう》の苦笑が唇に浮かぶ。

「その提灯は置いていってつかあさい」

タミエは必死に叫んでいた。この闇だけはたまらない。何もなくても、いや、何もないからこそ、灯でもあれば随分と励まされるではないか。

「わたしに、真っ暗な畔道を帰れと言うんかな」

いったんは冷たく吐き捨てた政代だが、霊能力はこれで高まると必死に言いつのるタミエに、それならと渋々車輪の下に置いてくれた。無論、朝まで灯が保つものではない。それでもタミエは安堵《あんど》した。

政代はしゃがんだまま、血と泥に汚れたタミエの口に、再び布を押し込んだ。そうして小屋を出た。またしても南京錠が下ろされる。重い、まるで枷《かせ》のような響きがあった。

再び闇に沈むタミエは、どこか冴《さ》えてきた頭の隅で思い出していた。ハレー彗星《すいせい》が最も近づくのは、明後日あたりではなかったかと。

……空腹は、まだなんとか押さえられる。だが尿意はどうしようもない。初めて絶望のため息を洩《も》らしたのは、腰巻きも着物も生暖かく濡《ぬ》らした時だった。しかし狂乱するのも絶望に沈むのも、タミエは慣れていた。

尺取虫のように這《は》いながら、タミエは提灯の側に寄る。蠟燭《ろうそく》で縄を焼き切るのも無理そうだ。倒して消してしまえば元も子もない。いっそ小火《ぼや》を出して人を呼ぼうかとも考えたが、閉じこめられた上にこの有様では、人が来る前に焼け死ぬだろう。

だが、地べたに寝転んでいるからこそ見えてくるものがあった。戸口に向かって右の壁に、かなり大きな裂目があるのだ。

腕一本が出そうな隙間だ。慎重に慎重に、タミエは痛む顎で提灯を動かした。そこから灯が漏れれば、誰かが気付くかもしれない。こんな辺鄙《へんぴ》な場所では奇跡に近いが、何もせず転がっているよりはましだ。

この下に死人が腐っているなど、どうということはない。自分が生きる算段の方が重要だ。しかしこういう時に、宮一は現れぬ。とりあえず一度「今度の客は不吉だ」と告げただけでよしとしたのか。勝手なものだ。生きていた時も死んだ後も。

提灯をどうにか隙間に当たる場所まで移動させた。それだけで、水を被ったように着物は汗で濡れた。転がったまま、息を整えながらタミエは死者に語りかける。

「松坊。あんたはもう死んどるんじゃろ。まだ、自分がどこに居るかわからんか」

ぱたぱたと、裸足で畔を駆ける足音がした。松男だ。だが、そのまま足音は闇に吸い込まれていった。死んだ蜻蛉《とんぼ》を追っているのか。子供を呼び出すのは難しい。それほど恨み辛みを持たずに逝くからだ。

もうええ。呼びはせん。迷わず極楽に行って遊べや。

「里子さんよ」

代わりに、恨み辛みをたくさん残してとどまる女に呼びかける。

「あんた、堀口さんに惚《ほ》れとったんか。それで子供を殺したか」

「……ああ、そうじゃ」

提灯の火が消えた途端、その向こうから嗄《しわが》れた声がした。さしものタミエも、くぐもった悲鳴をあげた。それは死者の声ではなかった。生きた者の声だったのだ。

「あんた、堀口に頼まれたとかいう拝み屋さんか」

老人だ。隙間から話しかけてくる。タミエは必死に呻《うめ》いた。いや、叫んでいるのだが、呻《うめ》き声にしかならないのだ。それでも、血色がよみがえってきた。この老人は少なくとも話が通じそうだ。何より生きている。

「鍵かっとるな。叩《たた》き壊す訳にもいかんしな」

　老人は、顔をもっと寄せてこい、と命じた。言われるままに隙間に顔を寄せると、腕を突っ込んで口に押し込まれた被布を取ってくれた。

「あ、ありがとうございます。お宅は……」

「里子の亭主じゃ」

　その時確かにタミエは、きらきらと尾を曳《ひ》く巨大な彗星の幻影を見た。

「手紙を出したんも、わしじゃ」

　老人の声だが、はっきりとした口調だ。板壁一枚隔てた距離で、タミエはその老人だけが生きた仲間のように感じた。

「里子の姦通《かんつう》には、とうから気付いとったで」

　そいでも可愛ゆうて仕方なかったけんな。老人は呟《つぶや》く。

「あねえなつまらん男にそこまで狂うて、子供をさらうとは思わなんだ」

　まるで自分達は暗黒の空に浮かぶ、二つきりの星のようだ。片方が先に流れれば、もう夜は明けないだろう。

「里子さんが殺したんじゃな。おそらく、勢い余って」

「そうじゃ。ただ脅すつもりだけじゃったのに、あっけのう死ぬもんじゃ。また、人もあっけのう狂うもんじゃ」

　天の彼方に、轟々《ごうごう》と燃える星々がある。ここもまた、一つの不安な星なのだ。住んでいるのはすぐに死に、すぐに狂う人間ども。いっそぶつかれば良いとすら願う。

「小せえ死骸《しがい》は、裏山に埋めた。わしも手伝うた」

蜻蛉がきらきらと、その墓標もない墓に群れ飛ぶ光景が映る。

「ただ庇《かば》いたい一心じゃった。無論、共犯として捕まるんも恐《きょう》てかったしな」

冷えてきた下半身が不快だ。その愛しい里子の上に粗相したものがかかっていると は、この老人は知らない。

「じゃけん、その里子が消えた時ゃあ、政代にやられたかと思うた。しゃあけど、大っぴらには言えんじゃろ。政代となんぞ、連れ立って死刑になるんも嫌じゃで」

「二軒隣の老婆の悲鳴と聞こえたのは、鳥か。いくらなんでもここまでは届くまい。

「暇さえありゃあ、堀口の家の周りやこの小屋の近くをうろついた。何か手がかりがないかとな。ここは臭うじゃろ。里子はここに居るんか」

「……おそらく」

低く、タミエは答える。保身など考える場合ではない。老人は何もかも正直に喋《しゃべ》っているのだ。自分だけ嘘はつけない。

「やっぱりか。そうじゃろうと思うた」

「なんで、それえに正直に何もかも話されるんじゃろうか」

わたしを殺すつもりで、最後に本当のことを教えてくれたんか、とは、口にできない。

「あんたが片目じゃからじゃ。噂にも聞いとったし、さっきちらりと見えた」

この老人もまた、自分を片目の生贄《いけにえ》の魚と同じに扱うか、とタミエは絶望しかける。

だが老人は、朗らかなほどの声を出した。

「あの夫婦は間違うとるで。片目の魚は殺してはいけん。それにな、この世が終わるなら、すべてを明るみに出そうかとも思うたんじゃ」

この世の終わりを語るには、楽しげな口振りだ。

「無論、何事もなかった場合も考えた。そいでもやっぱり黙っとれんで、あねえな手紙を出したんじゃ」

タミエは、必死ににじり寄る。今、自分を救ってくれるのはこの老人しかいない。

「ここから出してつかあさい。わたしは何も喋りませんけん」

「……斧《おの》を持って来るけん、ちぃと待っとってくれ」

タミエは深いため息をもらした。疲れと痛みが、安心と同時にぶり返す。

「助けちゃる。わしもさっぱりした。ええ気持ちでハレー彗星も待てる」

わしはハイカラじゃけん、ハレー彗星なんぞ恐れん。そう笑い飛ばして、老人の足音は遠ざかった。タミエは必死に経文を唱えた。死者を呼び出すためではない。死者を鎮めるためにだ。凶星の女と、星より蜻蛉を追っていく幼子のためにだ。

堀口か政代が来た場合のことを考えたら、今度こそ恐怖が真に迫ってくる。だから、斧がいきなり壁に振り降ろされた時は、安堵のあまりまた腰巻きを濡らしてしまった。

「わしも昔は車夫じゃった。まだまだいけるで」

ようやく出してもらえた外だが、小屋の中とは変わらない暗さだ。恐ろしげな山脈の輪郭とその上の天は、凶々《まがまが》しく重い。小屋の前に引いてきた人力車もまた、黒々と輪郭が濃い。堀口のに比べれば古風だが、老人と同じで頑丈そうだ。

それと提灯の灯だけで、老人が立派な体格と男ぶりなのがわかった。幾ら歳は取っていても、こちらの男ぶりの方がいいだろうにとタミエは、助けてもらった有り難さだけではなく思う。まことに、恋情は狂うことと同義だ。

それをお世辞に聞こえぬよう告げると、老人は無邪気に喜んだ。

「そうじゃろう。わしはまだまだ男として堀口なんぞに負けはせん。それもあんたにわかってほしかったけんな。堀口より早うに車を引いちゃるで」

唾《つば》で汚れた被布は手紙とともに懐に押し込んだ。これはともに供養しよう。もう、これは被《かぶ》らないと決めた。こちらの目でも、しっかとハレー彗星を睨《にら》むのだ。

「明日じゃで、ハレー彗星は」

「恐てえような、それでいて楽しみなような気がしますらあ」

人力車に乗る者と引く者。会話はそれだけだった。疲れ果てていたのと安心のあまり、タミエは寝込んでしまった。なるほど、堀口より早くうまく引ける車だったから、天を駆ける心地になれたのだ。天の果ての夢は、ただ黒かった。

　気がつけば自分の家の前だった。幽鬼のように青ざめた父と母が庭先に立っている。時ならぬ人力車にはさすがに驚いたようだが、そこに乗っているのがタミエとわかると、父はへたりこみ、母は悲鳴をあげて泣いた。

かいつまんで経緯は話したが、それはあくまでもさらわれたことだけだ。老人がそこにいる手前、殺したの殺されたのは省く。

「じゃあ、女房が待っとりますけん。明日は一緒にハレー彗星を拝むんじゃてな」

茶で一服しただけで、老人はまた人力車を引いて闇に消えていった。

「女房？　さっき縁側に座っとるように見えたけど、気のせいじゃな。タミエと一緒に乗ってきたんかと思うたで」

　とりあえず今はタミエが無事であったことを喜んでいるため、ひどい目に遭わせた堀口夫婦への怒りは後回しのようだった。それと、これ以上の面倒事は御免なので、子供の誘拐や若妻の失踪《しっそう》について警察に届けるかどうかはもうしばらく考えることにした。

　懐から出した手紙はすっかりふやけて、字も読めなくなっていた。

「ちょっとちょっと、大変じゃで」

翌朝、まだ体の節々が痛むタミエは、けたたましい母の声に起こされた。這《は》うように襖《ふすま》を開ければ、隣近所の女達も軒先に来て何やら騒いでいる。てっきり堀口夫婦が乗り込んできたかと凍り付いたが、違った。

「ハレー彗星が恐てえと、とうとう首吊ってしもうたんじゃ」

二軒隣の婆様は、一足先に天空に昇ってしまったらしい。ふと、いつもの悲鳴を聞いたと思ったのは幻聴か。それとも正しくは死者の悲鳴か。

検死のために警察が来たが、父も母も素知らぬ顔をしていた。堀口夫婦はいくらなんでも追いかけては来ないと決め付ける。こっちはがっちり弱味を二倍三倍握っとんじゃ、と強《した》かに母は鼻で嗤《わら》う。そうしてにこやかに誘うのだ。

「久しぶりに三人で駅前に出ようや」

ため息をつくのは父と娘だ。母は売り物の古着物の中から、最も派手な柄を選び出して着込んでいる。タミエにも、その次に派手な柄を選っている。しかし花柄の被布だけはもう要らぬ、と遠慮した。

宮一がよく連れて行ってくれた京橋の西洋料理屋の二階には、物見高い六高の学生達が集まっていた。麦酒《ビール》を飲みながら、殊更に気勢をあげている。タミエの顔を見て一瞬沈黙はしたものの、すぐにハレー彗星じゃハレー彗星じゃと太い声をあげる。

「おい、もうそろそろじゃで」

誰かの声に、場は一瞬静まり返る。学生達は、窓を開け放った。暗い空が広がる。青の向こうには黒があり、黒の彼方には虚無があることを教えてくれる不吉で神々しい色に、一同固唾《かたず》を飲んだが……実にあっけなく、その時は過ぎていった。

もう大丈夫とわかった瞬間、破れかぶれの歓声が上がる。その一人がタミエを指した。

「あんた、評判の霊媒師さんじゃないんか」

タミエは仕方なく、微笑む。ハレー彗星は見えなかったが、この時に尾を引いて流れていった死者の魂は幾つも見えたからだ。

「のう、次は一九八六年じゃろが。その時に岡山は、世界はどねえになっとるんじゃ」

夢が無《ね》えのう、と誰かがまぜっ返す。

「どうせなら、その先の二〇六二年を透視してほしいもんじゃ」

タミエは息を整え、窓の手摺《てす》りに手をかけた。

「一九八六年は……楽しゅうて、つまらんのう」

皆、緊張が弛《ゆる》んでいたこともあり、どっと笑った。

「二〇六二年は……楽しゅうて、恐てえわ」

二階は静まり返った。やがてあちこちで、自棄糞《やけくそ》の歓声とも怒号ともつかない声があがる。隣近所の家々からも、路上からも。

「まあ、どうでもええ。一九八六年も二〇六二年も、わたしは両目とも瞑《つむ》っとるけん」

タミエの呟《つぶや》きは、かき消された。苦いばかし、とけなす麦酒で乾杯している親を横目にして、タミエは陽気に学生達と笑いあった。

翌日の山陽新報は、昨夜のハレー彗星騒ぎ一色であった。ハレー彗星怖さに首を吊った者は県下で四人、という記事は小さかった。岡山市の薬種屋の老婆と、××村の農家の夫婦、同じ村の老人だ、と——。

あとがき

ホラー大賞をいただいてから、とにかく書き続けること、小説家であることに必死だった私は、常に「今書いている小説」と「これから書く小説」だけに夢中だった。書き終えて発表された小説はすべて、もはや私のものであって私のものではなく、読者様のものとして手放した、私から離れていったと見なしていた。だから正直、『岡山女』も文庫化の際、確認のために一度読み返しただけで、もう開くこともなかった。まさか二十年経ってから、新装版など出していただけるとは思わなかったが、とりあえず二十年近く経って読み返すことになり、驚いた。あまりにもおもしろくて。

もううちの子じゃないと他家に嫁がせた娘が、びっくりするほど立派になって里帰りしてきた。このまま手元に置いておきたい、とも思ったが。もう一度この手でお化粧直しをしてやり、嫁ぎ先の読者様の許《もと》にお返しします。末永く、可愛がってやってつかあさい。

二〇二二年三月九日

岩井志麻子

解説

池澤《いけざわ》春菜《はるな》

数珠玉、という草を知っているだろうか。

イネ科の植物で、水辺によく生えている。食用になる改良品種はハトムギと呼ぶそうだ。食用でない数珠玉は、その名の通り硬くてつやつやした実をつける。でも今、思い出して欲しいのは、この数珠玉の葉の方。

スラリと長い、笹の葉のような形。子供の時、あれで手を切ったことがある。数珠玉を取ろうとして葉ごと摑んでしまい、鋸歯《きょし》状の縁が掌をざりざりと切りながら通り抜けていく。手を開けばいい。数珠玉と葉を放せばいい。それだけのことなのに、できなかった。

数珠玉が惜しい気持ち。そして葉が掌を切っていく恐ろしい、同時にうっとりするような快感にも似た痛み。それらがない交ぜになって、ただただ摑んだまま、手を引き続けた。

岩井志麻子さんの怖い話を読むと、いつもあの時の感覚を思い出す。

『岡山女』が書かれたのは2000年。衝撃的だった『ぼっけえ、きょうてえ』や『でえれえ、やっちもねえ』と同じ、岡山を舞台にした連作短編集だ。本書はその新装文庫版になる。

物語の紡ぎ手となるタミエは、妾として囲われることで両親を養っていた。だがある日、旦那の宮一に日本刀で切りつけられ、無理心中を図られる。宮一は死に、タミエは左目と商売道具だった容貌を損ねられ、辛うじて生き延びた。だが、それ以来、タミエの見えないはずの左目には、この世とあの世の境を透かし、人ならざるものや、死者が映るように。霊媒として生きることになったタミエの元に、さまざまな思いを抱えた依頼人がやってくる……。

身なりは良いのにどこか不良娘の匂いをさせる由子は、幼い頃から双子のように仲良く育った利子の話をする。2人は繰り返し同じ夢を見るという。不思議な洋館、気配だけ見せて決して姿を現さない姉妹、地下室の棺。しかし、由子の話と現実は少しずつ食い違っている。悪意という名のバチルスに冒された少女たちの物語「岡山バチルス」。

「岡山清涼珈琲液」、タミエの元に入り婿先の義母を探して欲しいという相談が持ち込まれる。相談者の相田は、人品卑しからぬ風体。だがタミエの目には、花の中で艶然と微笑む美しい年増女が見えていた。

巷《ちまた》で話題の美人絵端書。それを売る店でタミエは不思議な雰囲気の若い男と出会う。後日、タミエの元にやってきたその男は、母を探してくれ、と頼む。彩色された写真の中に閉じ込められた女たちの秘密を描く「岡山美人絵端書」。

「岡山ステン所」、ステン所とはステーション、駅のこと。多数の人が行き交う駅と、この時代の最先端だった陸蒸気を舞台に、男と女の不思議な縁が交錯する。

続く「岡山ハイカラ勧商場」、勧商場は今で言う百貨店、デパートの前身。人も物も欲望も集まるこの場所に、怪異が続発する。亡くなったはずの女、身代わりのようなそっくりの人形、試着室の女、何故か忘れられない清掃人の女……さすが百貨店、たくさんの怪異が次々にやってきて賑やかだ。百鬼夜行のようなこのお話が、わたしは一番好き。

そして最後の「岡山ハレー彗星奇譚」。子供の神隠しを追うタミエは、もう一つの隠された神隠しを知る。2人を隠したのは、生きた人間か、それとも妖か。

6編の短編は、いずれもその当時、岡山で話題となった風俗に絡めてある。人々が何を楽しみ、何を恐れ、どう生活が変わっていったのか。時代はどんどん前に進み、人々の生活も豊かに、明るくなっていく。だからこそ、闇も深くなるように見える。ただ、闇の中にあるものはきっと時代が変わっても同じなのだ。テレビが白黒からカラーになっても、映し出される元の世界は変わらないように。ただ、今まで見えなかったものがより鮮明に見えるようになった。

岩井志麻子さんのことを少しだけ。

もちろん、岡山県出身。高校生の時に、小説ジュニアの短編小説新人賞に佳作入選。『夢みるうさぎとポリスボーイ』でデビュー。そう、デビュー作は少女小説なのだ。竹内志麻子という名前でコバルトで活躍。『花より男子』や、アニメ版にわたしも出ていた漫画『GALS!』のノベライズも手掛けていたと知ってびっくり。

そして1999年、岩井志麻子名義で発表した『ぼっけえ、きょうてえ』で第六回日本ホラー小説大賞を受賞した。そこから水を得た魚のように、妖しく恐ろしく淫靡《いんび》な物語を生み出し続けている。現代百物語のシリーズは10冊。かと思うとエッセイではざっくばらんで、歯に衣着せぬ心地よさ。

ドラマ化映画化された作品も数多く、作家として縦横無尽に活躍されている。

でももしかしたら、人によっては岩井さんはバラエティ番組で豹《ひょう》のコスプレをしている人、かもしれない。かくいうわたしも、しばらくテレビで見る岩井さんと、『ぼっけえ、きょうてえ』を書いた方とが結びついていなかった。似た名前の人がいるなぁ、と思っていたら、同一人物だったときの衝撃。

岩井さんはインタビューでこう語っている。

「私なぜかシンガポールが好きで、よくシンガポールに行ってたんです。現地に有名な屋台があるんですよ。ガイドブックにも載っている。ホーカーズという屋台がたくさん並んでいて、そこから持ってきて食べるスタイル（飲食屋台村と呼ぶらしい）。そこは鶏肉の店なんだけど、屋台なのにミシュランの星が一つついているんです。私は『これだ！』と思った。屋台なのに星がづいているということで人が面白がり、珍重してくれる。

だから、私がつまんねえ、可もなく不可もない普通のレストランになっちゃったら負けであると。だから私は、あくまでも星の一個ついた屋台であることは大事だなと思ったわけなんです。

オシャレっぽい、みんなが納得する理由のある店に星がついていても、あんまりありがたくないでしょ？　そういう店はガイドブックにも載るでしょう。だけど、屋台についていたら『お！』となるでしょ？　だから、私はこれからも星のついた屋台でありたい」（現代ビジネス　作家デビュー35周年記念インタビュー　2021.12.09／インタビュアー：小泉カツミ　より）

この屋台、置いてあるメニューの振れ幅とそれぞれの味の突き抜け方がとんでもない。一つ星どころか、三つ星クラスだとわたしは思う。

この物語では依頼を持ち込むのは男、あの世側にいるのは女、という構図が多い。陰惨な、恐ろしい物語だけど、あの世の女たちはみんな笑っているように思う。欲望と恩讐を突き抜けて、地獄に落ちても欲しいものを手に入れた。血まみれの手の中にあるのは、人から見たらなんてことない植物の実。でも彼女たちにとっては、宝の珠か、ヨカナーンの首か。

岩井さんが描き出す死者たちは、左目の闇の中、痛みと幸せにうっとりと笑っている。その姿はとても満ち足りて美しく思える。

本書は、二〇〇三年七月に小社より刊行された
文庫を改版したものです。

岡山女《おかやまおんな》　新装版《しんそうばん》
岩井志麻子《いわいしまこ》

角川ホラー文庫　23232

平成15年7月10日　初版発行
令和4年6月25日　改版初版発行
令和6年10月30日　改版再版発行

発行者——山下直久
発　行——株式会社KADOKAWA
〒102-8177　東京都千代田区富士見2-13-3
電話 0570-002-301（ナビダイヤル）
印刷所——株式会社KADOKAWA
製本所——株式会社KADOKAWA
装幀者——田島照久

●お問い合わせ
https://www.kadokawa.co.jp/（「お問い合わせ」へお進みください）
※内容によっては、お答えできない場合があります。
※サポートは日本国内のみとさせていただきます。
※Japanese text only

ISBN978-4-04-112678-3　C0193

角川文庫発刊に際して

角川源義

第二次世界大戦の敗北は、軍事力の敗北であった以上に、私たちの若い文化力の敗退であった。私たちの文化が戦争に対して如何に無力であり、単なるあだ花に過ぎなかったかを、私たちは身を以て体験し痛感した。西洋近代文化の摂取にとって、明治以後八十年の歳月は決して短かすぎたとは言えない。にもかかわらず、近代文化の伝統を確立し、自由な批判と柔軟な良識に富む文化層として自らを形成することに私たちは失敗して来た。そしてこれは、各層への文化の普及滲透を任務とする出版人の責任でもあった。

一九四五年以来、私たちは再び振出しに戻り、第一歩から踏み出すことを余儀なくされた。これは大きな不幸ではあるが、反面、これまでの混沌・未熟・歪曲の中にあった我が国の文化に秩序と確たる基礎を齎らすためには絶好の機会でもある。角川書店は、このような祖国の文化的危機にあたり、微力をも顧みず再建の礎石たるべき抱負と決意とをもって出発したが、ここに創立以来の念願を果すべく角川文庫を発刊する。これまで刊行されたあらゆる全集叢書文庫類の長所と短所とを検討し、古今東西の不朽の典籍を、良心的編集のもとに、廉価に、そして書架にふさわしい美本として、多くのひとびとに提供しようとする。しかし私たちは徒らに百科全書的な知識のジレッタントを作ることを目的とせず、あくまで祖国の文化に秩序と再建への道を示し、この文庫を角川書店の栄ある事業として、今後永久に継続発展せしめ、学芸と教養との殿堂として大成せんことを期したい。多くの読書子の愛情ある忠言と支持とによって、この希望と抱負とを完遂せしめられんことを願う。

一九四九年五月三日